Sinai Minnig · Brennpunkt Be'er Sheva

Sinai Minnig

Brennpunkt Be'er Sheva

Roman

Edition Hans Erpf
Bern · München

Dank

Mein spezieller, aufrichtiger Dank gilt der Schriftstellerin Barbara Traber, die dem Verlag mein Manuskript zur Publikation empfohlen hat, der Lektorin und Freundin Ursula Eggli und dem Lektor Bendicht Arni, die mit ihrem sachkundigen Wissen und ihrer Erfahrung wesentlich zur Vervollständigung meines Roman-Erstlings beigetragen haben, und natürlich meiner Familie, ohne deren Hilfe und Beistand der vorliegende Roman wohl kaum entstanden wäre.

Sinai Minnig

Umschlaggestaltung: Christian Jaberg
© 1993 by Edition Hans Erpf · Bern / München
Postfach 6018 · CH-3001 Bern
ISBN 3-905517-55-8

Wuchtig schlug ihr die Luft an der Luke entgegen. Unter ihr der Asphalt des Tel Aviver Flughafens Ben Gurion, drüben die graue Piste, flimmernd in der Hitze des Frühsommertages. — Endlich in Israel!

Langsam stieg Meytal Barak die Stufen hinunter. Ein plötzlicher Drang, mit beiden Händen über den Boden zu streicheln, stieg in ihr auf. Sie tat es nicht, doch der Gedanke belustigte sie.

Mit klopfendem Herzen erledigte sie die Zollformalitäten bei der Einwanderungsbehörde. Erleichtert atmete sie auf, als niemand ihre Handtasche kontrollierte. Jetzt wollte sie nur noch ihre Eltern sehen!

Um die Mittagsstunde warteten vor dem Flughafengebäude nur wenige Menschen auf die Ankommenden. Meytal Barak entdeckte ihre Familie bald und eilte ihr entgegen. Freudestrahlend schlossen sie einander in die Arme, lachten, fragten und redeten überstürzt und alle gleichzeitig. Mehr als sechs Monate waren vergangen, seit sie sich das letztemal gesehen hatten. Dan, Meytals Vater, drängte zum Aufbruch. Er hatte den Wagen ganz in der Nähe geparkt. Während er das Gepäck ins Auto lud, ertönte aus einem Lautsprecher beim Eingang des Flughafens plötzlich eine autoritäre Stimme, die knappe Befehle bellte.

Aus großen, graublauen Augen schaute Meytal ihren Vater fragend an.

«Kommt rasch weg von hier», drängte er. «Dort drüben bei der Signalanlage hat die Polizei einen verdächtigen Gegenstand gefunden, den sie gleich sprengen werden. Kommt, beeilt euch!»

Die Frauen folgten Dan, der mit schnellen Schritten in Richtung Flughafengebäude zurückging. Meytal blickte über ihre Schulter. Sie hatten nicht einmal den Kofferraum geschlossen, und die Wagentür stand weit offen. Auch andere Leute verließen ihre Fahrzeuge und entfernten sich, auffallend diszipliniert und ohne große Aufregung. In sicherer Entfernung blieben sie stehen, und Meytal riskierte einen Blick über die Absperrung: Ein Soldat, geschützt von einem Helm mit großer Schutzscheibe und einem Bleimantel, näherte sich dem verdächtigen Gegenstand, der mitten auf der Straße deponiert worden war.

Polizisten brüllten Befehle. Ein Soldat wies einen Buschauffeur an, seine Passagiere sofort aussteigen zu lassen.

Meytal war erstaunt, daß unter den jetzt vielen Leuten keine Panik ausbrach.

Der Soldat mit dem Schutzhelm war damit beschäftigt, einen Sprengsatz an der Tasche anzubringen. Sobald es ihm gelungen war, richtete er sich auf und rannte in Deckung.

Eine Stichflamme blendete Meytal. Der Knall der Explosion dröhnte in ihren Ohren.

Fast im selben Augenblick ging das Leben weiter, wie wenn nichts geschehen wäre. Die Menschen hasteten zu ihren Wagen und stiegen ein, und schon ertönte ein Hupkonzert von allen Seiten. Niemand verlor viele Worte über die kurze Unterbrechung. Alle schienen an nichts anderes zu denken, als die verlorene Zeit wieder einzuholen.

Ein Soldat wischte die verkohlten Überreste der Sprengung von der Straße.

Meytal hatte ähnliche Szenen schon erlebt. In diesem Land wußte jedes Kind, daß verlassene Gegenstände, besonders Taschen und Koffer, die niemandem zu gehören schienen, von palästinensischen Extremisten präparierte Sprengkörper enthalten konnten.

Während Dan den Subaru aus dem Flughafenareal hinaussteuerte, fragte Meytal die Mutter nach Ari, ihrem jüngeren Bruder.

«Du wirst ihn heute noch sehen», antwortete Mara. «Er hat Urlaub übers Wochenende.»

«Ich freue mich darauf», strahlte Meytal. «Wie geht es ihm denn?»

«Ich glaube, gut.»

«Schau mal diesen Park dort, Meytal», sagte Dan. «Überall entstehen in letzter Zeit solche Grünanlagen! Bei nächster Gelegenheit mußt du in Tel Aviv die ‚Tayelet‘[1] besuchen! Du kannst jetzt vom Atarim-Platz bis nach Yafo den Strand entlang auf dieser Promenade spazieren!»

«Dein Vater wird uns gleich die ‚HaTikwa‘[2] vorsingen», spottete Mara liebevoll. Meytal grinste. Dan versuchte eine beleidigte Miene aufzusetzen, was ihm aber nicht so recht gelingen wollte.

Sie umfuhren Tel Aviv und waren froh, endlich aus dem dichten Verkehr herauszukommen.

Eine vierspurige Schnellstraße führte sie dem in der Sonne gleißenden Meer entlang. Durchs offene Fenster genoß Meytal die herrliche salzige Seeluft. Majestätische Palmen säumten die Straße, und eine sanfte Brise spielte in ihren fächerartigen Blättern.

Bald erreichten sie Haifa, die nördlich gelegene Hafenstadt. Ihre Häuser drängten sich an den Hängen des Carmels

---

1) hebr. Promenade
2) isr. Nationalhymne

zusammen, als ob sie sich zurückzögen vor den Wellen des Mittelmeeres, die von drei Seiten heranrollten. Die goldene Kuppel des Bahaitempels war weithin sichtbar.

Rußig stinkende Abgase schlichen über den heißen Asphalt. Pizzastände reihten sich an Falafelbuden[1] und Zeitungskioske. Ein arabischer Junge war mit seinem Dreiradkarren, beladen mit frischen Brezeln, unterwegs und suchte sich mühsam einen Weg durch das Gedränge. Die Straßen waren voller Lärm.

Nach einer halben Stunde Fahrt stoppte Dan das Auto vor ihrem Haus in Kiryat Chaiim.

Als Meytal ausgestiegen war und sich dem Gartentor näherte, schnellte ein großer, schwarzer Schatten auf sie zu.

«Nescher, Nescherke!» rief sie strahlend und beugte sich zu dem langhaarigen Hund hinunter, der sie freudig umsprang. Dabei heulte er wie ein mondsüchtiger Wolf und brachte damit alle zum Lachen.

Später saßen sie gemeinsam hinter dem Haus in der schattigen Laube. Von hier aus konnte man Tag und Nacht das monotone Rauschen des Meeres hören. Rund um den Sitzplatz wucherten üppig die verschiedensten Sträucher, einige verströmten einen süßen, schweren Duft. Es grenzte an ein Wunder, daß auf diesem kargen, trockenen Boden eine solche Blütenpracht gedeihen konnte. Die seltenen Regenfälle während der kurzen Winterzeit reichten dafür bei weitem nicht aus. Ausgeklügelte Bewässerungssysteme waren notwendig, um dieses Land zum Grünen zu bringen.

«Willst du jetzt wirklich für ein halbes Jahr in einen Kibbuz[2]?» erkundigte sich Mara.

---

1) Falafel: aus zerstampften Kichererbsen hergestellte, fritierte Kugeln
2) vorwiegend landwirtsch. Siedlungsform in Palästina/Israel auf kollektivistisch-genossenschaftl. Basis

«Ken[1], ja. Ich will unbedingt in diese Hebräischschule, damit ich meine Sprachkenntnisse auffrischen kann. Daneben habe ich Zeit, mich in Israel einzuleben.»

Meytal war fasziniert von der Idee des Kibbuz. Denn erst die kollektive Landwirtschaft hatte dieses Land entstehen lassen. Sie wollte alles kennenlernen, diese Kibbuznikim und wie sie lebten, und wie das eigentlich funktionierte, ein Leben ohne Privateigentum.

«Die Gemeinschaft von so vielen ganz verschiedenen Menschen zu erleben ist sicher ein guter Start und eine interessante Basis für Neueinwanderer», pflichtete Dan ihr bei.

«Nur, schade ist es doch, daß du uns schon so bald wieder verlassen willst, Meytal. Aber wir werden dich besuchen. Die Distanzen sind zum Glück nicht so riesig in Eretz[2] Israel.»

Meytal steckte die Nase in die Luft.

«Riecht ihr eigentlich das Meer? Wer hat Lust zum Baden?»

«Nimm doch Nescher mit, für uns ist es noch ein wenig kühl», schlug Dan seiner Tochter vor.

«Ich bin bald zurück», versprach Meytal und warf ihrer Mutter übermütig eine Kußhand zu. Dann pfiff sie Nescher.

«Du bist wirklich ein fauler Kerl! Du schläfst ja schon wieder!»

Sie trieb den Hund zur Eile an und rief den Zurückbleibenden ein fröhliches Lehitraot[3] zu.

Vom Haus ihrer Eltern aus war es bloß ein kurzer Spaziergang bis zum Strand. Meytal zog die Schuhe aus und schlenderte durch den sonnenwarmen Sand. Sie genoß das Gefühl,

---

1) hebr. ja
2) hebr. Land
3) hebr. auf Wiedersehen

nach langer Zeit wieder einmal barfuß zu gehen, den feinen Sand zwischen den nackten Zehen zu spüren und den Seewind auf der erhitzten Stirn.

In der Nähe des Wassers zog sie sich bis auf ihren Badeanzug aus und warf die Kleider auf ein Fischerboot, das kieloben am Strand lag. Tastend tappte sie mit den Füßen ins Wasser. Dann stürzte sie sich voller Übermut den schaumiggrünen Wellen entgegen, die ihren Körper wie in einer kräftigen Umarmung umspülten, und schwamm weit hinaus.

Der Hund war ihr freudig gefolgt, blieb aber in sicherer Nähe des Ufers. Sobald sich Meytal zu weit entfernte, bellte er ihr aufgeregt nach.

Als Meytal sich schließlich von den Wellen löste und triefend aus dem Wasser schritt, fror sie. Es war doch noch nicht so warm, wie sie zuerst angenommen hatte. Mit dem Frottiertuch, das ihr Mara vorsorglich mitgegeben hatte, rieb sie sich trocken und schaute dabei Nescher zu, der sich im Sand wälzte. Als sie ihn zu sich rief, mußte sie lachen: Der Hund sah aus wie ein paniertes Schnitzel, feiner Sand klebte überall im dichten Fell. Die schwarzen Kugelaugen blitzten sie treuherzig an.

Als Meytal zum Haus zurückkam, saß Ari dort in einem Korbstuhl, braungebrannt und in der Hand ein Bier. Er umarmte seine Schwester freudig. Sie hatten alle einander viel zu erzählen.

Allmählich wurde es ruhig im Haus. Auch in Meytals Zimmer erlosch das Licht. Nur der Fensterladen knarrte leise, als Meytal ihn vorsichtig aufstieß. Einem Schatten gleich kletterte sie über die Brüstung und schlich durch den Garten zur hinteren Pforte. Die Nacht war mondlos.

Grillen zirpten, und das Rauschen des Meeres durchdrang die schlafende Gegend.

Meytal atmete erleichtert auf, als sich das Gartentor widerstandslos und ohne Laut öffnen ließ. Zum Glück hat Nescher nichts gehört, dachte sie. Auf leisen Sohlen rannte sie durch die Nacht. Sie fand sich rasch im Dunkeln zurecht und war froh, daß sie sich im Quartier auskannte. Plötzlich erklangen Schritte ganz in der Nähe, hallten durch die menschenleere Straße. Erschrocken duckte sie sich in die Schwärze eines Busches. Mit klopfendem Herzen wartete sie, bis alles wieder ruhig war. Dann schlich sie vorsichtig weiter. Jeder Windhauch in den Hecken erschreckte sie und ließ sie zusammenfahren. Nur langsam beruhigte sie sich.

Meytal trug eine schwarze Lederjacke und dunkle Leinenhosen, und wenn sie sich vorsichtig bewegte, war es unwahrscheinlich, daß irgendwer sie in der Dunkelheit sah. Ihre Locken hatte sie zu einem Pferdeschwanz gebändigt und unter einer Mütze versteckt.

Als sie den Strand erreichte, wo sie vor wenigen Stunden gebadet hatte, kontrollierte sie mit raschen Blicken die sanften Dünen vor sich. Aufatmend versteckte sie sich schließlich hinter dem umgekippten Fischerboot. Bewegungslos, wie mit dem Boot verwachsen, wartete sie. Nach endlos langen Minuten bemerkte sie auf der Straße neben dem Strand ein Auto, das im Schrittempo auf sie zufuhr. Als der Wagen fast auf gleicher Höhe war, blinkten die Scheinwerfer grell, Sekunden darauf noch einmal. Dann entfernte sich das Auto und verschwand hinter einer Düne.

Sieben Minuten später wiederholte sich dasselbe. Das war das Zeichen.

Mit einer Taschenlampe erwiderte Meytal das vereinbarte Signal.

Kurz darauf erkannte sie eine Gestalt, die mit katzenhafter Geschmeidigkeit genau auf sie zurannte. Atemlos wartete

Meytal, bis der Mann sich neben ihr in den Sand fallen ließ und sich an die Bootswand lehnte.

«Meytal!» Die Stimme klang beruhigend klar. «Hat niemand dein Weggehen bemerkt?»

Aber in Meytal wuchs ein Gefühl der Enttäuschung. Die Stimme gehörte nicht dem Mann, den sie erwartet hatte.

«Alles beseder[1], Avner», versicherte sie.

Erst jetzt nahm sich der Israeli die Zeit, sie zu umarmen und zu begrüßen.

«Hast du die Briefe?» drängte er dann.

«Ken. Ich hab sie. Du, Avner, hast du heute die ‚Ma'Ariv'[2] gelesen?»

Trotz der Dunkelheit verrieten seine schwarzglänzenden Augen, daß ihn diese Frage im Moment unwichtig dünkte.

«Den Artikel über diesen Wissenschaftler meinst du? Ken, den hab ich gelesen. Eigentlich war es seit längerer Zeit publik, daß er auswandern darf.»

Meytal überlegte einen Augenblick.

«Es kommt mir nur verdächtig vor, daß sie in der TASS so oft über ihn berichtet haben. Meinst du, daß er auch dazugehört?»

«Ist schon möglich», antwortete der Israeli mit dem für sepharadische[3] Juden typischen kehligen Akzent.

«Wo sind die andern?» Meytals Herz klopfte vor Aufregung.

«Rivka wird morgen früh mit den restlichen Papieren da sein. Dov ist im Negev. Eigentlich wollte er selber kommen. Aber er läßt sich entschuldigen. Er hatte dringend etwas zu

---

1) hebr. in Ordnung
2) israelische Tageszeitung
3) geläufige Bezeichnung für die vom ursprünglich spanischen Judentum geprägte Kultur und Tradition

erledigen. Bestimmt wird er dich bald anrufen und erzählen, was ihn aufgehalten hat.»

«Schade», entfuhr es Meytal. «Ich habe wirklich ihn selber erwartet.»

Der junge Mann legte ihr die Hand auf die Schulter. «Meytal, ich muß jetzt gehen. Man wartet schon ungeduldig auf diese Dokumente, und ich hab versprochen, sie sofort abzuliefern.»

Meytal holte aus ihrer Jackentasche einen dicken Umschlag und händigte ihn Avner aus. Während der Israeli die Papiere in der Innentasche seines Blousons verstaute, blickte er das Mädchen unverwandt an.

«Übrigens», sagte er dann lächelnd, «Baruch haBa'ah[1]!» Avner hieß Meytal in Israel willkommen. Dann umarmte er sie flüchtig und erhob sich.

«Paß auf dich auf, Avner», flüsterte Meytal. Aber er war bereits in der Dunkelheit verschwunden. Meytal blieb noch eine Weile im Schatten des Bootes. Als sie sicher war, daß Avner fort war, zündete sie sich hinter vorgehaltener Hand eine Zigarette an. Tief sog sie den Rauch in die Lungen.

Dann kehrte sie beruhigt auf demselben Weg zurück. Geräuschlos schlich sie durch den Garten. Nescher bellte einmal kurz, als sie gegen den Fensterladen stieß. Dann war wieder alles still.

*

1) hebr. Willkommen

13

Mara weckte ihre Tochter frühzeitig mit einer Tasse heißem Kaffee.

«Schön, daß du wieder da bist, Meytal! Hast du heute etwas Besonderes vor?»

«Oh, gut daß du mich daran erinnerst. Ich sollte heute aufs Büro des Innenministeriums, um meine Einwanderungspapiere bestätigen zu lassen. Dem Hürdenlauf durch die Bürokratie kann ich kaum entkommen», grinste Meytal.

«Vielleicht kann ich dir auch einige Tips geben. Es ist nicht einfach, sich mit all den Behörden zurechtzufinden.»

Mara dachte an Ephraim Kishon. Seine satirischen Geschichten widerspiegelten tatsächlich die Wirklichkeit in Israels Alltag. Und gerade die Erfahrungen mit der hiesigen Bürokratie hatte er in verschiedenen Erzählungen genüßlich zum besten gegeben.

«Das kann ich mir vorstellen. Der Umgang mit den Behörden ist auch in der Schweiz nicht einfach. Zum Glück nimmt man hier alles lockerer und ist toleranter. Sicher auch deshalb, weil auf diesem kleinen Flecken Erde so viele verschiedene Mentalitäten vereint sind, die doch mehr oder weniger miteinander auskommen müssen.» Meytal überlegte. «Höchstens die Ultra-Orthodoxen, die haben manchmal unglaubliche Berührungsängste.»

Lachend erzählte sie ihrer Mutter ein Erlebnis im Flugzeug: «Beim Aussteigen konnte so ein ‚Schwarzer‘ kaum warten und wollte als erster draußen sein. Bei seinem rücksichtslosen Drängeln stieß er mir seinen Ellbogen in die Seite und war entsetzt, eine fremde Frau berührt zu haben. Nicht mal entschuldigt hat er sich!» — Himmel, das Flugzeug! schoß es Meytal plötzlich durch den Kopf. Bestimmt war Rivka schon gelandet. Sie schaute auf ihre Armbanduhr. Halb zehn. In Gedanken sah sie die Freundin mit den Berichten und Fotos im Gewühl am Flugplatz stehen. Bisher waren die Menschen auf den Bildern noch relativ unbekannt, und doch . . . Sie wurde nervös und wünschte, Dov würde sich endlich melden!

«Nu, guck mal nicht so betrübt, Meytal. Die Zahl dieser Eiferer ist ja nicht so groß. Im allgemeinen sind die Menschen doch fröhlich. Sogar bei der Arbeit sind sie weniger verkrampft als etwa die Schweizer.»

«Ken. Und die Israelis leben intensiv. Ich kann diese Lebensfreude geradezu spüren», meinte Meytal versonnen. Aber auch der Realitäten war sie sich bewußt. Daß die politische Situation alles andere als rosig war und der Weg zum wahren Frieden noch lange nicht absehbar, war ihr klar. Der Nahe Osten war seit mehr als zweitausend Jahren ein Pulverfaß.

«Was mich aber stört, ist die Konsumwelle, die auch Israel überschwemmt», gestand Meytal der Mutter. «Klar verstehe ich, daß nach einem halben Jahrhundert puritanischer Lebensweise der Luxus für viele Israelis geradezu zur fixen Idee geworden ist. Sicher sind wir nicht die perfekte Gesellschaft, wie es sich Herzl und seine Anhänger gewünscht haben.»

«Oh, meine Frauen philosophieren über Herzl!» Dan betrat grinsend die Küche.

«Weißt du was, Meytal, draußen kannst du Pionierarbeit leisten und dem Unkraut im Garten zu Leibe rücken.»

«Du glaubst sicher, daß ich das verlernt habe», lachte Meytal. In Bern hatte sie den elterlichen Garten regelmäßig gepflegt. «Aber dein Vorschlag ist wunderbar. Ich wollte sowieso heute diese herrliche Sonne genießen. Das kann ich ja bestens draußen im Garten!»

Sie trug ein leichtes T-shirt und kurze Hosen, die ihre langen, schlanken Beine betonten. Im Schuppen ihres Vaters fand sie die nötigen Werkzeuge.

Es war ein sonnendurchfluteter Tag. Meytal genoß die sommerliche, salzige Luft. Sie liebte die Arbeit mit der warmen, trockenen Erde. Es tat ihr gut, sich nach so langer Zeit wieder einmal körperlich zu betätigen. Aus dem Kofferradio unter dem schattigen Nußbaum in der Mitte des Gartens plärrte hebräische Popmusik. Meytals Gedanken wanderten zu Dov. Ein warmes Lächeln huschte über ihr Gesicht.

*

Es war Liebe auf den ersten Blick gewesen.

Dov war Gastdozent an der Universität Bern. Weil sie das Thema, die künstliche Bewässerung von Wüstengegenden, interessierte, ging Meytal hin.

Der Landwirtschaftsexperte war ein rassiger, dunkelhaariger Mann. Er hielt einen wirklich interessanten Vortrag über modernste, computergesteuerte Bewässerung von regenarmen Gebieten.

Als die Blicke des Vortragenden die ihren trafen, stockte seine Stimme für den Bruchteil einer Sekunde, was nur Meytal aufzufallen schien. Der Mann faßte sich rasch und fuhr gelassen mit seinen Schilderungen fort. Aber von diesem Moment an konnte die dunkelhaarige Schweizerin seinen Erklärungen nicht mehr folgen und starrte ihn von ihrem Platz aus hingerissen an. Es kam ihr so vor, als kennte sie ihn von irgendwoher. Seine Bewegungen und seine Art sich auszudrücken schienen ihr vertraut. Schon bald bemerkte sie, daß auch er sie beobachtete, und als sich ihre Blicke wieder trafen, fühlte sie sich erröten.

Nach dem Vortrag trödelte Meytal so lange wie möglich

16

im Saal. Aus den Augenwinkeln folgte sie seinen Bewegungen. Aber dann erschrak sie doch, als er geradewegs auf sie zukam. Dann stand er vor ihr. Sie warf rasch einen Blick auf sein Namensschild, das am Revers befestigt war. In blauen Buchstaben auf weißem Papier stand: Dr. Dov Aharon, Agronom. Schweigend beobachtete er sie, und offensichtlich amüsierte es ihn, wie sie ungläubig auf den Namen starrte.

Ihre Spannung löste sich, Meytal brach in ein ungestümes Lachen aus. Er stutzte einen Moment, und ein fragendes Lächeln huschte über seine leicht orientalischen Gesichtszüge. Seine Überraschung war groß, als sie ihn mit «Schalom[1]» begrüßte. Natürlich, er war ein Israeli, deshalb schien er Meytal auch so vertraut!

Gemeinsam waren sie dann essen gegangen und hatten sich auch gleich für den Abend verabredet.

Von da an verbrachten die beiden so viel Zeit wie möglich zusammen. Dov zog schon bald bei ihr ein, wenigstens für die Wochen, die er in der Schweiz weilte.

Dov war für Meytal der Inbegriff eines stolzen Jemeniten. Sie wußte, daß diese jüdische Volksgruppe aus dem arabischen Land Jemen ausgewandert war. In Israel behaupteten sie einen eigenständigen Platz in der Gesellschaft. Einige Traditionen und Bräuche, die diesen dunkelhäutigen, meist zartgliedrigen Menschen eigen waren, behielten sie in Israel bei. Die ältere Generation der Jemeniten trug vielfach noch die farbenfrohen, traditionellen Kleider ihrer Vorfahren, und der Mais für die Festtage wurde von den älteren Frauen noch von Hand gestampft.

Dov war mit fünfunddreißig Jahren bereits Experte auf

---

1) hebr. Frieden, Grußwort in Israel

seinem Arbeitsgebiet. Er sprach mehrere Sprachen fließend und zeigte ein für Israelis ungewöhnlich gutes Benehmen. Es schmeichelte Meytal, daß sein Charme ihr galt, und sie fühlte sich in seiner Nähe wohl, ja geborgen. Gemeinsam diskutierten sie nächtelang über Gott und die Welt. Sie wurden sich immer vertrauter. Beide kosteten ihre erwachte Zuneigung und entdeckten den Reichtum ihrer Gefühle.

Dov blieb für einige Wochen in der Schweiz. Seine Arbeit führte ihn öfters durch verschiedene Schweizer Städte, wo er mit Fachleuten zusammentraf oder an Universitäten Vorträge hielt.

Eines Tages war Dov wieder unterwegs zu einem Arbeitskollegen. Meytal nutzte seine Abwesenheit, um die Wohnung zu reinigen und Wäsche zu waschen. Sie war gerade im Begriff, seine Kleidungsstücke zu den übrigen im Korb zu werfen, als aus einer Tasche ein zerknitterter Brief rutschte. Ihr Blick verfing sich in den handgeschriebenen Zeilen auf dem weißen Blatt Papier. Sie hatte ein ungutes Gefühl, als sie den Brief auseinanderfaltete und glattstrich. Dennoch las sie die ersten Worte. Ihre Hände zitterten plötzlich, und eine Hitzewelle stieg in ihrem Nacken empor. Es war ihr zumute, als würde ihr der Boden unter den Füßen weggezogen. Ungläubig las sie den Brief wieder und wieder:

‹Lieber Dov!

Seit unserer Begegnung sind einige Wochen vergangen und ich muß Dir die neuesten Begebenheiten leider schriftlich mitteilen. Es ist mir zu meinem tiefsten Bedauern nicht mehr möglich, Dich wiederzusehen. Ich habe gute Gründe zur Annahme, daß man mich wieder beschattet. Dov, man hat mich wegbeordert!

Eigentlich haben wir immer damit gerechnet, trotzdem kam dieser Entscheid völlig unerwartet. Du weißt, was dies

18

für meine Frau und mich bedeutet, kennst unsere Einstellung und Befürchtungen. Selbstverständlich werden wir trotzdem zurückkreisen.

Dov, ich bin Dir zu allergrößtem Dank verpflichtet. Was Du für uns alle getan hast, ist nicht in Worte zu fassen. In Gedanken sind wir stets bei Dir, teurer Freund.

Aber gleichzeitig muß ich Dich ernsthaft warnen. Du hast in letzter Zeit an gewissen Stellen zu tief gebohrt. Ein Mitarbeiter von Boris wurde beauftragt, auf Dich zu achten! Bitte, sieh Dich vor! Ihr habt Euch zu weit aufs Glatteis gewagt. Es sind zu große Mächte beteiligt, sie kennen keine Skrupel und schrecken vor nichts zurück, auch nicht, wenn's um Menschenleben geht.

Bitte paß auf Dich auf!

Wir lieben Dich.

H & M›

Mächte ohne Skrupel, die auch vor einem Mord nicht zurückschrecken . . . Wobei setzte Dov sein Leben aufs Spiel? Angst durchfuhr Meytal. Sie konnte kaum seine Rückkehr erwarten. Erleichtert atmete sie auf, als er spätabends durch die Tür trat. Zuerst wurde er recht wütend, als sie ihn auf diesen Brief ansprach. Dann erklärte er unbekümmert:

«Ach — Mikail, der alte Dramatiker, übertreibt wieder mal und malt den Teufel an die Wand!»

«Wer ist denn dieser Mikail?»

«Ein Arbeitskollege von mir.»

Daraufhin beruhigte sich Meytal und versuchte, nicht mehr an den Brief zu denken.

Dov kehrte einige Tage später nach Israel zurück. Seine Arbeit für die landwirtschaftliche Versuchsfarm in der im Süden gelegenen Wüstenstadt Be'er Sheva drängte ihn. Eigentlich war er nur im Rahmen der Zusammenarbeit der dortigen Universität mit der bernischen zu einem Austauschprogramm in der Schweiz gewesen. Die Trennung war nicht von langer Dauer.

Bereits einen Monat später trafen sich Dov und Meytal wieder, diesmal in Israel. Das Wiedersehen feierten die beiden ausgelassen und glücklich in Jerusalem. Hand in Hand schlenderten sie durch die belebten Straßen. Außer am Schabbat[1] wirkte die Hauptstadt immer hektisch. Wie in allen israelischen Großstädten herrschte auch in der Innenstadt dichter Verkehr. In der Schweiz wäre es Meytal schier unmöglich gewesen, inmitten von Abgasen einen Spaziergang zu genießen. Doch in Israel reagierte sie anders darauf als in ihrem Heimatland. Den Umweltschutz nahm man im Nahen Osten noch nicht so wichtig wie in Europa.

Es war ein drückend heißer Tag, als Dov und Meytal die Altstadt Jerusalems besuchten. Im arabischen Viertel herrschte wieder das geschäftige Treiben, das in den letzten, aufgewühlten Monaten der Unruhen fast zum Stillstand gekommen war. Verschleierte Araberinnen eilten an ihnen vorüber und schleppten gefüllte Plastiktaschen über die blankgescheuerten Pflastersteine. Nach tagelangen Streiks der palästinensischen und arabischen Händler schienen die Menschen erleichtert zu sein, ihre Vorräte wieder auffüllen zu können. Alle Läden waren an diesem Tag wieder geöffnet.

Blutige Auseinandersetzungen zwischen israelischen Soldaten und aufständigen Palästinensern hatten in diesem Stadtteil seit Anbeginn der Intifada die alten Mauern erneut erzittern lassen. Die märchenhafte Stimmung im orientali-

---

1) jüdischer Ruhetag, Samstag

schen Viertel schien fast gänzlich verschwunden. Nur wenige Israelis und Touristen wagten sich noch in diesen Teil der Altstadt.

Zuweilen folgten Meytal und Dov mißtrauische Blicke. Doch gab es auch geschäftstüchtige Händler, die sich nicht von der gespannten Atmosphäre anstecken ließen und nichts anderes als ihre Ware verkaufen wollten. Überall wurde wieder gehandelt und gefeilscht, geschrien, geworben, gefordert und bezahlt. Schmächtige hochbeinige Esel vor hochbeladenen Karren trabten an ihnen vorbei, gefolgt von rennenden Besitzern. In einer staubigen, verwinkelten Gasse begegnete ihnen eine Schar arabischer Kinder, die dem Paar neugierig nachblickten. Ein paar Schritte weiter traktierte ein junger Mann, einen schwarzweißen Kefyeh[1] um den Kopf gebunden, einen Esel mit einem Stock. Meytal wurde wütend und verlor beinahe die Beherrschung. Ohne Dovs Anwesenheit wäre sie sicherlich in ernsthafte Schwierigkeiten geraten. Doch er zwang sie weiterzugehen.

«Wenn du hier im Viertel auf Araberjungen los willst», warnte er sie, «dann kommen wir bestimmt nicht ungeschoren aus der Altstadt hinaus!»

Meytal warf einen empörten Blick zurück und stolperte hinter ihrem Freund her.

«Mädchen», rügte sie der Israeli leise, «im Moment würde ich solche Faxen lieber lassen! Es gibt Leute hier, die nur darauf warten, daß man sie provoziert!»

Später feilschte Dov mit einem Händler um ein Paar kunstvoll mit Silber beschlagene Ohrringe, die er Meytal schenkte. Der moslemische Ladenbesitzer behandelte sie

---

1) schwarz- oder rot-weiß kariertes Tuch, das Araber um Kopf und Schultern tragen. Zugehörigkeitszeichen div. PLO-Gruppen

freundlich und zuvorkommend. Es war für Unzählige, die hier ihre Geschäfte betrieben, keine leichte Zeit. Sie waren gezwungen, ihre Läden zu schließen, wenn die Führer der PLO einen Streik beschlossen. Wer solchen Beschlüssen zuwiderhandelte, lief Gefahr, als Kollaborateur verfolgt zu werden. Der Großteil aller Opfer der Intifada war auf diese Weise von palästinensischer Hand ums Leben gekommen. Die Intifada verlangte an allen Fronten einen hohen Blutzoll.

«Die momentane Situation im Land», sagte Dov bedrückt, als sie weiterschlenderten, «ist für alle von uns unhaltbar und muß unter allen Umständen für beide Völker befriedigend gelöst werden. Mit Gewalt kommen wir nicht weiter, sie löst nur Gegengewalt aus. Wir Juden verlangen sichere Grenzen; darauf können wir nicht verzichten, wenn wir unseren Staat behalten wollen. Und die Palästinenser wollen unser Land als ihre Heimat. Die Lage ist verworrener als in allen bisherigen Kriegen um Israel.»

Meytal wich einem Eselskarren aus.

«Die Intifada dauert nun bereits seit dem Dezember 1987», sagte sie bedrückt. «Beide Seiten werden immer brutaler. Fast jeden Tag kommen Menschen um, Juden und Araber. Streiks reißen die sowieso schon schwache Wirtschaft der Palästinenser immer tiefer in die Misere. Wie viele sind schon arbeitslos? Israelische Arbeitgeber wagen es nicht mehr, Palästinenser anzustellen; sie halten sich an die Neueinwanderer. Der Sog zieht sie buchstäblich ins Elend. Nach gewalttätigen Angriffen der Radikalen mit Steinen, Messern und Brandbomben verhängen die Behörden wieder Ausgangssperren über die Gebiete. Das ganze Dilemma ist ein Teufelskreis, aus dem man, wie's scheint, nicht auf eine vernünftige Art herauskommen kann. Beide Seiten sind stur, unnachgiebig. Das Mißtrauen hüben und drüben erweist sich als weniger überwindbar denn je.»

Schweigend schlenderten Meytal und Dov eine Weile nebeneinander her. Um sie herum glitzerten kitschige Souvenirs in überfüllten, verstaubten Auslagen. Düfte von fremdländischen Gewürzen und türkischem Kaffee und das starke Aroma von frischen Minzenblättern betörten die Besucher des Marktes. Das Treiben und Handeln dieser Orientalen erinnerte einen an Szenen in den Märchen aus Tausendundeiner Nacht.

Den Weg, den Dov eingeschlagen hatte, kannte Meytal von früheren Altstadtbesuchen her. Sie strebten dem jüdischen Viertel zu. Bevor sie es erreichten, verweilten sie in einer Nebengasse der Via Dolorosa. Dort setzten sie sich auf strohgeflochtene Hocker, die zu einem winzigen Straßencafé gehörten.

Der junge Araber, der sie bediente, blickte sie feindselig und finster an. Wortlos nahm er die Bestellung der beiden entgegen und verschwand im Halbdunkel des Hauseingangs.

«In den meisten Ländern der Erde herrscht Krieg oder Frieden, hier gibt es beides. Man lebt Haus an Haus nebeneinander. In Ramallah, nördlich von Jerusalem, kämpfen unsere Soldaten in diesem Moment vielleicht gegen steinewerfende Halbwüchsige. Und wir beide hier trinken Tee bei einem Palästinenser, der uns ganz gewiß nicht liebt, doch unser Geld wie jedes andere auch akzeptiert», griff Dov das Thema von neuem auf.

«Der Konflikt zwischen unseren Völkern um dieses Land brachte Mißtrauen und lange versteckten Haß zum Vorschein. Plötzlich zittern wir vor Plastiktaschen und verdächtigen Gegenständen, die sich überall und jederzeit als getarnte Bomben erweisen können. Es gibt Orte, wo Kinder unter

Polizeischutz zur Schule gehen müssen. Auf der anderen Seite können palästinensische Kinder wochenlang nicht mehr ihr Haus verlassen. Es ist ein Krieg der Zwielichter, sogar Blicke sind mißtrauisch, wenn sie sich kreuzen. Wir weichen einander aus. Der Nachbar wird zum Feind, Häuser werden zu Festungen und Fronten gibt's keine mehr!»

«Und deshalb lassen palästinensische Mütter und Väter ihre Kinder Steine gegen Israelis schmeißen? Steine, die auch töten?» fragte Meytal fast höhnisch.

Dov nickte. «Und ihre erwachsenen Brüder werfen bereits Brandbomben. Ein Hin und Her, ein Schlag folgt dem anderen. Die Intifada ist der erste palästinensische Aufstand in den besetzten Gebieten . . .»

«Manche nennen sie befreit oder verwaltet», warf Meytal dazwischen.

«Die Jungen, die in Lagern aufwachsen, haben nichts zu verlieren», fuhr Dov unbeirrt fort, «sie kennen nur das Leben als Zweitklaßbürger. Auch die unklare, ja divergierende Haltung der umliegenden arabischen Länder ist für ihren Weg der Gewalt mitverantwortlich.»

Der Kellner kam zurück. Er brachte die vollen Teegläser, die er auf das Tischchen zwischen Meytal und Dov knallte. Den beiden war jedoch die Lust auf das Getränk vergangen.

Dov bezahlte. Sie entfernten sich bedrückt.

Das „Cardo", der Übergang zwischen dem jüdischen und dem arabischen Viertel, lag nur wenige Schritte entfernt. Sie betraten den hellerleuchteten Tunnel, wo sich jahrhundertealte Ausgrabungen an moderne Läden reihten. Beiden wurde schlagartig bewußt, wie unterschiedlich doch diese Stadtteile waren. Verließ man den arabischen Sektor, fand man sich plötzlich in einer völlig anderen Welt wieder. Farbenfreudiges Kunterbunt, lautes Handeln, Feilschen wichen der ruhigen, nahezu unwirklich scheinenden Atmosphäre des jüdischen Quartiers.

Dov strich mit der Hand andächtig über den rauhen Stein.

«Fühl mal, Meytal, das ist unsere Stadt, unser Jerusalem! Vor 1967, unter jordanischer Herrschaft, ist dieses Viertel fast völlig zerstört worden. Architekten und Baumeister haben seit damals ein wahres Wunder vollbracht! Die einstigen Ruinen sind beinahe übergangslos integriert. Zum Bau des neuen Viertels benutzten sie, wie in ganz Jerusalem, nur Steinplatten aus den judäischen Bergen als Fassaden. Diese traditionelle Bauweise trägt hauptsächlich zum einheitlichen, harmonischen Aussehen dieser Stadt bei. Der weißliche Stein reflektiert tagsüber die grellen Sonnenstrahlen und wirkt bei Sonnenuntergang ganz golden. Du kennst doch sicher das Lied ‚Jeruschalaim schel sahav‘: Jerusalem aus Gold. Seit dem Sechs-Tage-Krieg ist die Altstadt unter unserer Regierung wieder vereint, ist allen Nationen und Religionen zugänglich. Und jetzt will man sie wieder trennen!»

Dov hatte sich in Eifer geredet. Meytal zerzauste ihm zärtlich das Haar, während sie leise die Melodie von „Jerusalem aus Gold" summte.

«Komm jetzt. Ich brauche wieder mal Luft», rief sie dann und zog ihn auf eine gemauerte Treppe zu, die von den unterirdischen Gewölben hinauf in die höher gelegenen Teile der Stadt führte.

Im Gegensatz zum Souk, dem arabischen Markt, waren die Gassen im jüdischen Teil ungedeckt. Heller Sonnenschein drang in jeden Winkel. Eine seltsame Ruhe und Friedlichkeit schien geradezu allgegenwärtig. Hinter geöffneten Fenstern erklang gedämpft das Murmeln der Talmudschüler, die sich, in weiße Hemden und schwarze Anzüge gekleidet, mit wiegenden Oberkörpern über ihre Bücher gebeugt, in ihr Bibelstudium vertieften. An schmiedeeisernen Haken hingen Blumentöpfe mit leuchtendroten Geranien aus schattigen Ecken in die Gäßchen herunter. Die Verflechtung von alt und neu war in Jerusalem so offensichtlich und selbstverständlich, als wandle man durch längst vergangene Zeiten.

Sie gelangten auf einen offenen Platz. Bäume und Sträucher säumten ein plätscherndes Rinnsal. Eine Schar fröhlicher Kinder spielte zwischen leuchtenden Blumenrabatten. Die dunklen Anzüge und Gebetskäppchen waren Zeichen von orthodoxem Lebenswandel. Lange Schläfenlocken baumelten bis auf die Schultern.

Dov setzte sich auf eine steinerne Bank. Eine Weile schauten sie hinauf zum imposanten Bogen, der an die zerstörte Hurva-Synagoge erinnerte und sich hell vom tiefblauen Himmel abhob.

Flanierende Touristen bestaunten die Auslagen der kleinen Läden. Kostbare Schmuckstücke mit grünlich funkelnden Eilatsteinen, tiefblauem Lapislazuli und Diamanten, kunstvoll verzierte Menorahleuchter[1] und handgemalte Bilder wurden angeboten. Nicht wie im Araberviertel, wo der Reiz des Handelns und Feilschens Touristen anlockte, wurden die Souvenirs hier zu festen Preisen verkauft.

«Komm, laß uns zur Klagemauer gehen», schlug Meytal nach einer Weile vor.

Auf der Treppe zum Platz hinunter blieben sie stehen. Der Ausblick, der sich ihnen bot, nahm ihnen beinahe den Atem.

---

1) Bezeichnung insbesondere des siebenarmigen Leuchters im jüd. Tempel. Wurde nach der Zerstörung des Tempels eines der am häufigsten abgebildeten jüd. Motive und damit ältestes Symbol des jüd. Volkes. Heute offiz. Emblem des Staates Israel. Ein achtarmiger (bez. neunarmiger) Leuchter dient zum Anzünden der Chanukka-Lichter (jüd. Lichterfest)

Sie verharrten überwältigt. Obwohl beide nicht zum ersten Mal an diesem Ort standen, ließen sie sich Zeit, um dieses Bild in sich aufzunehmen.

Dann passierten sie die israelischen Soldaten, die alle Vorübergehenden auf Waffen untersuchten. Vor ihnen erhoben sich die wuchtigen Steinquader der Klage- und Westmauer. Der Zugang ist für Männer und Frauen getrennt. Für die Juden in aller Welt bedeutet dieser letzte noch stehende Teil der Tempelmauer das größte Heiligtum.

Die Stirn an den kühlen Stein gelehnt, stand Meytal in Gedanken versunken da. Es schien ihr, als wäre sie Gott nirgends auf der Welt so nahe wie hier an dieser heiligen Stätte. Neben ihr weinte leise eine vergrämte Frau und klagte der Mauer ihr Leid. Die Männer auf der anderen Seite wiegten ihre Körper im Gebet hin und her, als huldigten sie Gott nicht nur mit ihren Herzen, sondern auch mit ihrem ganzen Leib.

Dov erwartete seine Freundin an der Absperrung des Platzes. Ein paar Schritte gingen sie schweigend nebeneinander her. Außerhalb des Mist-Tores hielt Dov ein Taxi an, das sie die enge, gewundene Straße hinauf zum Ölberg fuhr.

Die rasch sinkende Sonne hatte die Welt zu ihren Füßen in ein unwirklich leuchtendes Gold getaucht. Inmitten des Häusermeers der Altstadt glühten die letzten Sonnenstrahlen auf der vergoldeten Kuppel der Omarmoschee. Unter ihnen am Hang des Ölberges versanken die jüdischen Gräber allmählich im bläulichen, golddurchwirkten Schleier, der sich über die hügelige Landschaft legte. Ganz langsam verschmolzen die Schatten zu steingrauer Dunkelheit. Die Hitze des Tages, die noch immer über der Stadt lastete, aber vermochten sie nicht zu vertreiben.

Dov führte Meytal in ein Restaurant gegenüber dem Aus-

27

sichtspunkt. Bei Kerzenlicht und romantischer Stimmung tranken sie einen süßlichen Roséwein aus Galiläa zum köstlichen Nachtessen.

«Hat Mikail sich eigentlich wieder beruhigt?»

Dov verstand nicht sofort und schaute Meytal fragend an.

«Ach, du weißt schon, dieser Brief, den ich gelesen habe. Irgendwie geht mir diese Sache nicht mehr aus dem Sinn.»

Dov schenkte ihr das Glas nochmals voll. Er ergriff ihre schmale Hand.

«Meytal, in drei Monaten kommst du als Einwanderin definitiv nach Israel. Bis dahin werden Freunde von mir in der Schweiz einige wichtige Dokumente besitzen, die ich unbedingt hier brauche. Die Papiere sind zu wichtig, als daß sie per Post geschickt werden könnten.»

«Was hat denn das mit Mikail zu tun?» fragte Meytal verständnislos.

«Ich habe dir über ihn nicht die Wahrheit erzählt. Vor eineinhalb Jahren traf ich auf einer meiner Studienreisen durch die Schweiz einen russischen Juden, Mikail. Er war damals als Gesandter in der sowjetischen Botschaft tätig. Wir wurden gute Freunde. Eines Tages vertraute er mir an, daß seine erwachsene Tochter in Israel wohnt. Irena ist mit einem Israeli verheiratet, der geschäftlich in Moskau zu tun hatte und sie dort kennenlernte. Mikail erzählte mir darauf die tragische Geschichte seiner Familie.

Die sowjetischen Behörden hatten nur unter einer Bedingung erlaubt, daß Irena auswandern durfte, nämlich daß er und Helena, seine Frau, sich für immer von ihrer Tochter trennten. Schweren Herzens haben die beiden dieser unmenschlichen Auflage zugestimmt, dem Glück und der Zukunft Irenas zuliebe. Erst nachdem Mikail schon ein halbes Jahr in Bern gearbeitet hatte, wurde ihm erlaubt, Helena nachkommen zu lassen. Anfangs wußten sie sich fast auf Schritt und Tritt beobachtet. Als Mikail mir diese Geschichte anvertraute, konnte ich ihn dazu überreden, die Familie für ein geheimes Treffen zusammenzuführen. Die Vorbereitungen dauerten wochenlang, aber schließlich kam Irena aus Tel Aviv hergeflogen. Für einige Stunden konnte sie mit ihren Eltern zusammensein.

Die Sowjets scheinen aber etwas geahnt zu haben. Sie begannen erneut, das Ehepaar zu beobachten. Seither ist es mir nicht mehr gelungen, ein weiteres Treffen zu arrangieren. Das Risiko für Mikail, Helena und ihre Verwandten in der UdSSR schien uns einfach zu groß. Die beiden wußten übrigens von Anfang an, daß sie viel riskierten, doch das Wiedersehen mit Irena war es ihnen wert. Später versuchte ich Mikail davon zu überzeugen, daß ich sie heimlich nach Israel schaffen könnte. Doch fühlten sie sich zu alt, um solche Risiken auf sich zu nehmen. Sie bangten auch um ihre Verwandten in Rußland. Zudem wußten beide, daß Irena gut aufgehoben und glücklich in Israel lebt. Sehr wahrscheinlich bestärkte sie dies in ihrem Entschluß, wieder in ihre Heimat zurückzukehren. Von Mikail erfuhr ich im Vertrauen einiges über geheime Tätigkeiten der Sowjets in Israel. Er erzählte mir von Agenten, die man in die Rolle der Refusniks steckt. Meytal, du weißt sicher, was Refusniks sind: Juden, denen die Auswanderung aus der UdSSR nach Israel vorerst verweigert wird», fügte Dov erklärend hinzu. «Diese Agenten, getarnt als Refusniks, sind also dermaßen raffiniert, daß selbst Juden nicht dahinterkommen und sie für Glaubensbrüder halten. Zuerst handelte es sich um einfache Arbeiter und Bürger aus dem Mittelstand, die in der israelischen Bevölkerung untertauchten. Jetzt allerdings werden Agenten selbst als Wissenschaftler getarnt. Sie haben gute Chancen, in hohe Staatsstellen zu gelangen. In der Sowjetunion verbreitet der KGB durch die Medien Berichte über inhaftierte Demonstranten. Geschickt wird eingeflochten, daß es sich um Sowjetbürger jüdischen Glaubens handelt.»

«Und diese wurden dann als Refusniks freigelassen», kombinierte Meytal.

«Genau. Mikail hat mir Unterlagen besorgt, die alles beweisen. Eines Tages haben die Beamten der sowjetischen Botschaft jedoch Wind davon bekommen. Sie schickten Mikail und seine Frau wieder zurück in die UdSSR.»

Dov erzählte ihr, daß er diese Informationen an den israelischen Geheimdienst weitergegeben habe. Er erhielt daraufhin machmal Anweisungen, gewisse Neueinwanderer in seiner Umgebung zu beobachten. Avner und Rivka, gute Freunde von Dov, wurden durch ihn und einen Kontaktmann des Mossad[1] eingeweiht. Die jungen Leute erledigten ihre Aufgaben diskret und konnten dem Mossad wertvolle Informationen beschaffen. Der israelische Geheimdienst war der gegnerischen Organisation aus dem Osten vor geraumer Zeit auf die Schliche gekommen. Die konkreten Hinweise von Dov hatten ihnen dabei ein gutes Stück weitergeholfen.

«Du kannst dir vielleicht vorstellen, daß diese Papiere für gewisse Leute von großem Wert sind. Mikail findet immer wieder Wege, neue Beweisstücke in die Schweiz zu schleusen. Willst du mir helfen, diese Papiere nach Israel zu bringen?»

Meytal hatte damals zugestimmt. Kurz vor ihrer Rückkehr in die Schweiz stellte Dov ihr seine Freunde, den schwarzgelockten Avner und die blonde Rivka, vor. Sie traf die beiden

---

1) Sammelbegriff für den israelischen Geheimdienst: hebr. Institution

einige Male in Bern. Zwei Tage bevor Meytal nach Israel auswanderte, übergab ihr Rivka einen dicken Umschlag, den sie in Haifa Dov übergeben sollte.

*

Meytal erschauerte trotz den sommerlichen Temperaturen, und sie wischte sich mit dem Handrücken die feinen, glänzenden Schweißperlen von der Stirn. Man will uns vernichten, dachte sie irritiert. Und diesmal nicht durch provozierte Gewalt, die Gefahr droht von glückstrahlenden, sympathischen Leuten. Welch ausgeklügelte Idee, sie als Refusniks zu tarnen!

Natürlich, überlegte sie, hatte man immer einigen dieser Refusniks die Bewilligung zur Auswanderung erteilt, doch es waren viel zu wenige gewesen. Humanitäre Organisationen setzten sich jedoch auf der ganzen Welt dafür ein, daß man diese Leute in Frieden ziehen ließ.

Doch sieh mal an, plötzlich zeigte man sich hinter sowjetischen Schreibtischen so großzügig! Ganze Familien, hochgeschätzte Wissenschaftler, Professoren und Künstler durften in letzter Zeit die Sowjetunion verlassen. Offenbar war es für den KGB einfach, russische Wölfe in jüdischen Schafspelzen nach Israel einzuschleusen. In wichtige Positionen. Vielleicht gab es schon auf Regierungsebene sowjetische Agenten?

«Meytal, willst du etwas trinken?»

Dans Stimme riß sie aus ihren Gedanken.

«Ken, Abba[1]. Hast du ein Maccabee[2]?»

---

1) hebr. Vater
2) Makkabäer, hier aber israelisches Bier

«Natürlich. Komm, wir setzen uns hier auf die Bank, und du erzählst mir, wie du dein letztes halbes Jahr in Bern verlebt hast.»

«Okay. Ich wasche mir nur noch schnell die Hände.»

Vater und Tochter saßen zusammen am Tisch unter dem schattenspendenden Nußbaum.

«Ach, hab ich Durst! Lechaiim[1], Abba», prostete Meytal ihrem Vater zu.

«Also, erzähl mal.» Dan lehnte sich zurück.

«Weißt du, es ist zur Zeit alles andere als einfach, in der Schweiz bewußt als Jüdin zu leben. Seit der Intifada sind die Sympathien für Israel rapide gesunken. Die Medien informieren recht einseitig und gehen sogar soweit, Israel mit Südafrika zu vergleichen.

Dabei werden auch in der Schweiz Tränengas, Knüppel und Gummigeschosse eingesetzt, nur weil zum Beispiel eine Demo durch die falsche Gasse zieht. Und du weißt ja selber, mit welch üblen Polizeimethoden Asylanten gewaltsam ausgeschafft werden. Ausländer, die eine Straftat begehen, erhalten Landesverweis. Doch wenn Israel Terroristen des Landes verweist, ist das eine UNO-Resolution wert. Wenn zwei das gleiche tun, ist es anscheinend nicht dasselbe. Hast du jemals gehört, daß die UNO palästinensische Terroranschläge in Resolutionen verurteilte?»

«Nein. Aber es war schon von jeher so, daß man Israel mit anderen Maßstäben mißt als die übrige Welt», antwortete Dan.

«In der Schweiz sind mir einige Dinge aufgefallen. Der Antisemitismus im Sprachgebrauch, zum Beispiel. Von de-

---

1) hebr. Trinkspruch: Auf das Leben!

32

nen, die hohe Preise verlangen, sagt man heute noch, das sind ja Juden! Büchsenfleisch ist im Militärjargon ‚gestampfter Jud‘, oder Herumstreunen nennt man ‚Umherjuden‘.»

«Meytal! Telefon!» Mara streckte den Kopf zum Fenster heraus und winkte ihr.

Barfüßig eilte Meytal in die Wohnung, griff aufgeregt zum Hörer und meldete sich.

Dovs Stimme tönte weit entfernt: «Meytal?»

«Ken, Dov, ich bin's. Von wo rufst du an?»

«Ich bin in Be'er Sheva, Chamuda[1]. Sorry, daß ich gestern abend nicht kommen konnte. Wie geht es dir, alles beseder?»

«Ja. Es ist wundervoll, hier zu sein. Ich bin so glücklich! Wann sehen wir uns endlich?»

«Wann gehst du in den Kibbuz?»

«Morgen in einer Woche. Kommst du mich besuchen?»

«Klar! Sobald du in Revivim bist, werde ich kommen.»

«Ist Rivka schon da?»

«Ja. Sie hat mich vor einer Stunde angerufen und läßt dich grüßen. Meytal, ich vermisse dich.»

«Ich dich auch, Motek[2].»

«Ich freue mich, dich in einer Woche zu sehen. Aber jetzt muß ich gehen. Ich habe noch einen Vortrag an der Uni zu halten. Ich ruf dich wieder an, beseder?»

«Okay. Ich liebe dich.»

«Ich dich auch. Lehitraot, Chamuda!»

*

1) hebr. Liebes, Liebling
2) hebr. Süßer, Schatz

Die Woche, die Meytal bei ihren Eltern verbrachte, verging wie im Flug. Dan und Mara verwöhnten ihre Tochter bei jeder Gelegenheit. Meytal empfand das Zusammensein mit den beiden als erholsam. Aber es wurde Zeit, daß sie sich beschäftigte. Vor Lebenslust übersprudelnd, sehnte sie sich danach, in den Kibbuz zu kommen. Natürlich brannte sie auch darauf, Dov zu sehen.

Mara hatte darauf bestanden, sie in den Negev zu begleiten. Unterwegs im Auto konnte sich Meytal kaum sattsehen an der Landschaft. Genüßlich sog sie die salzige Seeluft durch die Nase und betrachtete den tiefblauen Sommerhimmel. Das Meer rollte ruhig und sich kräuselnd auf die sanften Dünen zu. An der linken Straßenseite zogen sich zahlreiche sattgrüne Orangenplantagen dahin.

«Meytal, hör zu, was die im Radio gerade über Revivim berichten!»

Dan drehte das Radio etwas lauter, und Meytal lehnte sich über den Vordersitz, um die Sprecherin besser zu verstehen. Eine Gruppe Neueinwanderer aus der Sowjetunion wurde in den nächsten Tagen erwartet. Die Leute sollten die gleiche Schule besuchen wie Meytal.

Konnte es nicht sein, fragte sie sich plötzlich, daß Dov etwas über die Einwanderer wußte? War dies ein Zufall, oder spielte ihr die Phantasie bereits einen Streich? Ließ sie sich zu sehr von ihrer Abenteuerlust verführen?

Sie waren mittlerweile schon eineinhalb Stunden unterwegs. Südlich von Tel Aviv änderte sich die Landschaft allmählich, und die Hügelzüge und Orangenhaine wurden von sanften Ebenen abgelöst. Bauern bearbeiteten mit riesigen, modernen Traktoren die Felder. Sie hinterließen fontäneartige Staubschwaden, die sich in der heißflimmernden Luft kaum auflösten und wie verloren über den Feldern hingen.

Bei Kiryat Gat kamen sie an einer Beduinensiedlung vorbei. Hütten aus Wellblech, Lehm und Holz. Schmuddelige Kinder in zerrissenen Kleidern. Schafe und Ziegen. Danach wurde die Gegend zusehends öder. Die Luft war trocken, nicht so feuchtschwer wie im Norden.

Um die Mittagsstunde erreichten sie die Wüstenstadt Be'er Sheva. Verschleierte Beduinenfrauen gehörten ebenso zum Stadtbild wie scherzende Kibbuzniks. Araber und Israelis lebten hier nebeneinander, als ob sie von einem Palästina-Konflikt nichts wüßten.

Dan wischte sich den Schweiß von der Stirn. Er seufzte. «Dieses Klima hier wäre wahrhaftig nichts für mich! Wenn man denkt, daß es bald noch viel heißer wird ... Gott behüte!»

«O nein, ich genieße diese herrliche Wärme. Mir war in der Schweiz lange genug kalt!»

Dann verschwand die Stadt hinter ihnen im Hitzedunst über der Wüste. Unmittelbar nach der Stadtgrenze nahm die Gegend nochmals einen anderen Charakter an. Vor ihnen breiteten sich die endlosen Weiten der ockerfarbenen Negevwüste aus. Nur das Brummen des Motors war zu hören. Sie schienen die einzigen Lebewesen weit und breit.

Die weichen Linien von Sanddünen in allen Pastellfarben belebten die Steinlandschaft. Ein einsamer Eukalyptushain zeugte von der Anstrengung, der Wüste Leben abzuringen.

Dan wies auf einen Beduinen hin, der plötzlich aus dem Nichts aufgetaucht war. Die weiten weißen Gewänder des Nomaden flatterten, als sie im Auto an ihm vorbeifuhren. Der Mann kauerte bewegungslos auf der staubigen Erde.

Die Welt schien hier in einer Oase der Unberührtheit stillzustehen. Jedes Gefühl für Zeit und Raum verlor sich in den Weiten des Sandes. Unter den glühenden Sonnenstrahlen war jegliche Vegetation verbrannt. Die letzten kümmerlichen Grashalme wurden von umherziehenden Schafen gefressen.

Ein heißer, alles vernichtender Wüstenwind, der Chamsin[1], wehte über das Land. Er vermochte die Erde aufzusprengen, gab ihr das Aussehen einer Mondlandschaft.

An einer Straßenkreuzung bog Dan in Richtung Gazastreifen ab. Auf der anderen Seite der Straße erstreckten sich fruchtbare, saftiggrüne Felder des Kibbuz Meschabe Sadeh. Wenige Kilometer später bremste Dan plötzlich und fuhr an den Straßenrand. Er hatte die Einfahrt nach Revivim zu spät bemerkt, so unauffällig zweigte der Weg in das Herz des Ortes ab.

Sie befanden sich buchstäblich mitten in der Wüste. Ringsum schien es außer dem Kibbuz nur Sanddünen und Steinberge zu geben. Vereinzelte Bäume wuchsen nahe der Einfahrt.

Dan fuhr rückwärts, bog ein und passierte im Schrittempo das Tor des Kibbuz. Dort saß gelangweilt ein Wächter. Er schaute kurz zu ihnen herüber, bevor er ihnen ein Zeichen zum Weiterfahren gab.

Auf einem Parkplatz, wo schon mehrere landwirtschaftliche Maschinen und Privatautos parkiert waren, hielten sie an und stiegen aus. Meytal blickte sich neugierig um. Neben ihnen zog sich ein sattgrüner Rasen hin, um den herum Dattelpalmen aufragten. An den Rasen grenzten einige fast verfallene Baracken. Wäsche vor den Hütten zeigte an, daß sie bewohnt waren. In der anderen Richtung lag viel altes Gerümpel, standen ausrangierte Traktoren und Maschinen. Lautes Gegacker von Hühnern drang herüber.

---

[1] Wüstenwind aus Afrika. Man sagt, er daure fünfzig Tage (arab. Chamsin) pro Jahr

Dan hatte die Taschen aus dem Kofferraum geladen. Mara stand schweigend daneben. Meytal fiel auf, daß ihre Mutter nicht sehr glücklich aussah.

«Ima[1], was machst du für ein Gesicht?»

Mara war den Tränen nahe. «Mitten in der Wüste . . .» beklagte sie sich. «Wie hält das ein Mensch überhaupt hier aus? Und dann diese gräßliche Hitze! Bestimmt wimmelt es in der Gegend von Arabern und Beduinen!»

Dan und Meytal lachten sie aus.

«Komm, laß uns erst einmal in den Kibbuz gehen. Ich bin überzeugt, daß es dir bald besser gefällt!» sagte er.

Sie folgten ihm auf einem geteerten Weg.

Vögel zwitscherten in schattigen Bäumen. Vor einem langgezogenen Haus spielten kleine Kinder in einem Sandkasten. Als Spielzeug dienten ihnen Blechbüchsen und Kartonschachteln und die alte Karosserie eines Volkswagens als Klettergerüst.

Sie betraten einen großen, runden Platz vor einem modernen Gebäude, dem Speisesaal. In dunkelgetönten Glasscheiben spiegelten sich lila Bougainvillea-Sträucher, die den Eingang zierten. Um den Platz herum wuchsen Palmen. Auch hier gab es einen gepflegten Rasen, der zum Ausruhen einlud.

Die Farben inmitten dieser Einöde muteten fast unwirklich an. Auf der breiten Treppe, die in das Gebäude führte, saßen einige junge Leute. Dan ging auf sie zu und sprach mit einem der Männer. Dann kam er zurück und führte Meytal und ihre Mutter in die angewiesene Richtung.

Die Bäume der Allee wuchsen in den Wipfeln ineinander

---

1) hebr. Mutter

und bildeten einen Tunnel mit ihren langen Ästen, die über und über voll waren mit blauen Blümchen.

«Es duftet wie im Paradies», sagte Meytal und hob eine der Blüten vom Boden auf.

Der Weg verzweigte sich. Dan blieb ratlos stehen. Vor einem kleinen, mit Efeu überwachsenen Haus lag ein junger Mann in einem Liegestuhl und blinzelte die Fremden an.

«Schalom», begrüßte er sie neugierig. «Sucht ihr hier etwas Bestimmtes? Vielleicht kann ich euch helfen?»

«Ja. Wir wollen zu Gaby», antwortete Dan dem Kibbuznik.

Der braungebrannte Mann erhob sich und kam auf sie zu. «Ich begleite euch.»

Er nannte sich Rilly und sprach englisch mit ihnen. «Gaby ist die Verantwortliche für Volontäre[1]», erklärte er.

Sie gingen durch eine weitere Allee. An den Bäumen hier wuchsen dunkelrote Blüten. Es war, als ob die Äste bluteten. Aus einem Haus neben dem Weg klang gedämpfte Rockmusik. In der Nähe weinte ein Baby. Sonst war nur das Zwitschern der Vögel zu hören. Alles war fast unwirklich friedlich. Sie sahen kaum Menschen draußen. Wahrscheinlich hielten die Kibbuzniks ihre nachmittägliche Siesta. Vor einfachen Steinhäusern blühten in kleinen Gärten prächtige Blumen.

Meytal entdeckte auf der Erde zwischen den Pflanzen überall Wasserschläuche, die zur Bewässerung dieser üppigen Vegetation dienten.

Rilly erklärte, daß die Sprinkler nur nachts arbeiteten und

---

[1] Bezeichnung für junge Menschen aus der ganzen Welt, die freiwillig und praktisch ohne Entlöhnung in einem Kibbuz arbeiten

und daß Büsche, Bäume und Gärten durch eine Tropfbewässerung versorgt würden.

Sie näherten sich einem zweistöckigen Mehrfamilienhaus. Aus einem Fenster im ersten Stock schaute eine Frau mittleren Alters auf die Ankommenden herunter. Rilly verabschiedete sich.

«Bleibt nur unten», rief Gaby ihnen zu. «Ich komme gleich. Nehmt euch die Plastikstühle unter der Treppe!»

Dan kam Gabys Wunsch nach. Er stellte die Stühle in den weichen Rasen vor dem Haus. Meytal ließ sich daneben ins Gras sinken und dehnte wohlig ihre Glieder, bis Gaby mit einem Tablett voller Erfrischungen und den obligaten ,,Cookies''[1] herunterkam.

«Willkommen in Revivim», rief sie und stellte ohne große Umstände die Gläser auf den Boden. «Ihr habt euch einen angenehmen Tag gewählt, um hierherzukommen. Es ist so richtig kühl heute!»

Mara verzog das Gesicht. Das sollte kühl sein! Sie plauderten über dies und jenes, und Gaby erklärte Meytal, daß der Ulpan[2] erst in einer Woche beginnen werde, da noch nicht alle Teilnehmer angekommen seien.

«Es wird sogar eine Gruppe aus der Sowjetunion an diesem Ulpan teilnehmen», sagte sie nicht ohne Stolz. «Wir beherbergen hier Leute aus der ganzen Welt, du wirst selber sehen. Übrigens habe ich gehört, daß du Hebräisch sprichst?» Sie hatte sich Meytal zugewandt und schaute sie erwartungsvoll an. «Ich glaube», sagte sie dann eilig, «daß du uns

---

1) Biskuits, die es in fast jedem Lebensmittelbeschäft gibt und die von vielen Aschkenasim (Bez. für die Juden aus dem ost- u. mitteleuropäischen Raum) als Snack gereicht werden
2) Hebr. Sprachschule für Neueinwanderer

schon ein Problem lösen hilfst. Vielleicht kannst du im Kinderhaus arbeiten? Klar, das löst das Problem mit Motti!»

Dan unterbrach sie: «Jallah[1], wir sollten langsam aufbrechen und uns verabschieden.»

Sie hatten noch eine mehrstündige Rückfahrt vor sich.

«Ihr könnt selbstverständlich auch hier übernachten. Ich lasse euch gerne ein Zimmer herrichten, ihr braucht es nur zu sagen», offerierte Gaby. Aber Dan ließ sich nicht zum Bleiben überreden.

Gaby zuckte die Achseln. «Ich zeige dir noch rasch dein Zimmer, Meytal. Vorläufig bist du dort allein, aber in einigen Tagen zieht vielleicht eine Mitbewohnerin bei dir ein.»

Sie ging ihnen voran. Nach wenigen Schritten kamen sie in ein Quartier, wo flachdachige, langgezogene Häuserblocks standen. In der Nähe mußte das Schwimmbad sein, denn jetzt konnten alle das Aufspritzen von Wasser, Gelächter und fröhliche Kinderstimmen hören.

Vor einem der Wohnungseingänge blieb Gaby stehen und überreichte Meytal einen Schlüssel.

«Drinnen findest du alles Nötige für den Augenblick. Komm in etwa einer Stunde wieder, wir gehen dann essen und ich zeige dir alles Weitere.»

Meytal schloß die Tür auf und trat in einen kühlen, dunklen Raum. Mara und Dan folgten. Im Zimmer standen zwei Betten, zwei kleine Schreibtische, ein alter Schrank. Es gab auch eine Kochnische und nebenan ein Badezimmer mit Dusche und WC.

Meytal war zufrieden. Sie brauchte wirklich nicht mehr zum Leben hier im Kibbuz. Mara war zwar anderer Meinung,

---

1) arab. Ausdruck für: los, vorwärts

aber sie wollte ihrer Tochter die Freude nicht verderben. Dan blickte zum wiederholten Male auf seine Armbanduhr. «Meytusch, wir sollten uns nun wirklich auf den Weg machen», erinnerte er sie.

Meytal begleitete ihre Eltern bis zum Parkplatz, wo Dan den Subaru abgestellt hatte.

«Bitte, vergiß nicht, uns möglichst bald anzurufen und die Telefonnummer mitzuteilen, unter der wir dich erreichen können», bat Mara. «Und schreib auch mal.» Mara umarmte sie herzlich. Sie war betrübt, ihre Tochter nach so kurzer Zeit verlassen zu müssen. Dan verabschiedete sich mit einem Kuß. Kurz darauf sah man den weißen Wagen zum Kibbuz hinausfahren.

Meytal fühlte sich auf einmal verlassen, wie sie so allein auf dem leeren Parkplatz stand. Sie schaute dem wegfahrenden Auto nach, bis es ihren Blicken entschwunden war. Die Hände in den Hosentaschen vergraben, schlenderte sie zögernd zurück.

Plötzlich ertönte hinter ihr ein lauter Pfiff. Meytal drehte sich um. Sie glaubte ihren Augen nicht zu trauen.

«Rivka! Himmel, ist das toll, dich hier zu sehen!» Die Mädchen umarmten sich stürmisch. Das Wiedersehen gerade jetzt tat Meytal gut.

Rivka sah blendend aus. Die weizenblonden Haare glänzten und fielen ihr länger über die Schultern, als Meytal sie in Erinnerung hatte. Sie trug rote, kurze Hosen, die langen, schlanken Beine waren gebräunt. Sie begleitete Meytal zu Gaby, als sie hörte, daß sich die Freundin dort melden sollte.

Rivka schien die Chefin der Volontäre gut zu kennen.

«Aha, du hast bereits eine Freundin gefunden», stellte Gaby fest.

41

«Rivka, geh doch bitte gleich mit Meytal in die ‚Machsan‘[1]. Zeig ihr die Wäscherei und schaut bei Sarah vorbei. Sie weiß Bescheid und wird dir alles Nötige geben. Meytal, du kannst dich heute abend noch bei Motti melden. Rivka wird dich mit ihm im Speisesaal bekannt machen. Sag ihm, du wirst im ‚Gan Charuv‘[2] arbeiten und daß du das mit mir besprochen hast. Morgen», lächelte sie freundlich, «brauchst du aber noch nicht anzufangen. Genieß die Sonne und laß dir von Rivka den Kibbuz zeigen. Paß nur auf, daß du keinen Sonnenbrand bekommst!»

Unter Erzählen und Lachen brachte Rivka Meytal zur Wäscherei.

«Du erhältst von Sarah eine Nummer, die du in deine Kleider einnähen kannst. Zum Waschen bringst du alles einfach hierher. Es wird sogar gebügelt und geflickt. Eine wunderbare Einrichtung.» Rivka grinste. «Zeitsparend für uns und Arbeitsbeschaffung für andere.»

Der Kibbuz sei, in ihren Augen, die sozialste und idealste Institution, die es gebe, erklärte Rivka schwärmerisch. Alle seien integriert in diese Gemeinschaft. Für Kinder habe es Schulen und Kindergärten. Der Speisesaal sei zugleich ein Begegnungszentrum. Niemand sei im Kibbuz allein. Keiner habe mehr Besitz oder Geld als sein Nachbar, und für jeden gälten die gleichen Rechte und Pflichten.

Beladen mit Kleidern und Bettwäsche, verließen die Mädchen später das Lager. Bevor sie zum Essen gingen, führte Rivka Meytal durch den Kibbuz.

Meytal, die die Natur sehr liebte, fiel es sofort auf, daß

---

1) hebr. Lager, hier Wäschelager
2) Gan = Garten, Kindergarten, Charuv = Johannisbrot. Im Kibbuz werden die Kindergärten nach Pflanzen od. Tieren benannt

man viel Zeit und Mühe in Gartenarbeit investierte. Phantastisch, die Hibiskusbüsche, voller blutroter Kelche, bildeten ganze Hecken. Die Luft war erfüllt vom Duft der Bäume und Sträucher.

«Hast du so etwas schon mal gesehen, Meytal?» Rivka pflückte einige Früchte von einem Baum.

Instinktiv sah sich Meytal um, ob niemand zuschaute.

«Keine Angst! Der Baum gehört allen, und jeder kann die ‚Chinesischen Orangen' pflücken!»

Sie reichte Meytal eine der winzigen Früchte. Zaghaft kostete diese.

«Richtige Orangen sind mir doch lieber!»

Rivka erklärte: «Dort drüben ist das Schulhaus. In manchen Kibbuzim ist es so, daß die Kinder zugleich dort wohnen und schlafen. Sie können natürlich auch bei den Eltern schlafen, wenn sie wollen.»

Zwischen den weißen Wohnhäusern hindurch erhaschte Meytal einen atemberaubenden Blick auf die untergehende Sonne. Außerhalb des Kibbuz, den ein etwa zweieinhalb Meter hoher Drahtzaun umgab, erstreckten sich die dunkelgrünen Fruchtplantagen. Farbkontraste traten in dieser Wüstengegend besonders auffällig hervor.

Es dämmerte, als die beiden ihren Rundgang beendet hatten und zum Nachtessen in den Speisesaal schlenderten. Dort herrschte eine lockere, familiäre Stimmung. Auf fahrbaren Gestellen gab es Tomaten, Gurken, Zwiebeln, Avocados, diverse Saucen und Käse. Meytal bediente sich. Dabei bemerkte sie, wie sie von den meisten neugierig und zugleich freundlich beobachtet wurde. Ständig wurde sie mit Fragen überhäuft: «Woher kommst du, wo hast du Hebräisch gelernt, bleibst du lange . . .?»

Rivka und Meytal setzten sich an einen freien Tisch. Angeregt plaudernd nahmen sie ihre Mahlzeit ein. Nach dem Essen stand Rivka auf und ging zum Kaffeeausschank. Es fiel Meytal auf, daß die Blonde überall Aufsehen erregte. Für die dunkelhaarigen Israelis war sie eine Attraktion. Rivka kehrte mit gefüllten Gläsern zurück.

«Wir werden hier in den nächsten Tagen Besuch bekommen.» Sie bot Meytal eine Zigarette an. «Eine Gruppe von sowjetischen Einwanderern wird am nächsten Ulpan teilnehmen.» Etwas leiser fügte sie hinzu: «Einer dieser Leute ist möglicherweise ein Agent des KGB . . . Laß uns in mein Zimmer gehen», schlug sie dann vor, «Tee trinken.»

Beide erhoben sich und trugen das Geschirr zum Förderband der Abwaschmaschine. Dann verließen sie den hellerleuchteten Speisesaal. Rivkas Unterkunft lag nur einen Steinwurf entfernt von Meytals Zimmer. Dort angekommen, fuhr Rivka fort: «Wir müssen diesen Leuten ein bißchen auf den Zahn fühlen. Dazu wirst du sicher eher Gelegenheit haben als ich, da du mit ihnen zusammen die Schule besuchen wirst. Vielleicht habe ich Glück und arbeite mit einigen von ihnen in der ‚Mattah‘, den Plantagen.»

Das Wasser in der Kanne kochte. Rivka erhob sich und bereitete aus frischen Minzenblättern einen kräftigen Tee zu.

«Dov kann dir bestimmt mehr darüber sagen. Er wird übrigens morgen nachmittag hier aufkreuzen. Ich habe heute mit ihm telefoniert.»

Meytals Miene erhellte sich. Sie freute sich unbändig, Dov endlich wiederzusehen.

*

44

Nachdem Meytal gegangen war, lag Rivka nachdenklich auf ihrem Bett.

Heute ist es auf den Tag genau vier Jahre her, dachte sie, seit ich meine Familie zuletzt gesehen habe. Es betrübte sie, daß sie überhaupt keinen Kontakt mehr zu ihren Angehörigen hatte. Steve, ihr älterer Bruder, wußte als einziger, wo sie sich aufhielt. Ihn vermißte sie schmerzlich. Normalerweise verweigerte sie sich den quälenden Erinnerungen und verjagte die peinigenden Bilder. Heute aber gelang es ihr nicht.

Der Grund des Zwistes mit ihrer Familie war Daniel gewesen. Ihre Eltern hatten von ihrer Liebesromanze mit dem farbigen Arzt erfahren. Das war für sie wie ein Schlag. Darauf folgten heftigste Vorwürfe und zuletzt die Aufforderung, Daniel nie wiederzusehen. Rivka hatte um ihre Liebe gekämpft und sich gegen diese Rassendiskriminierung aufgelehnt. Sie hatte geglaubt, sie könne die sture Haltung ihrer Eltern ändern. Bitter hatte sie für diese Naivität bezahlen müssen! Ihre Eltern verstießen sie aus dem Haus. Ein Glück, daß sie bei ihrem älteren Bruder Steve heimlich Unterkunft fand. Aber es kam noch schlimmer: Zwei Tage später folgte der Rauswurf aus der Universität von Kapstadt. Daniel wurde in den äußersten Zipfel des Landes verbannt.

Eines Nachts war sie von vier vermummten Männern brutal zusammengeschlagen worden. Sie fand sich am nächsten Morgen blutig und zerschunden im Dreck eines Straßengrabens wieder. Von diesem Augenblick an war Rivka erwachsen. Plötzlich gingen ihr die Augen auf über die unsäglichen Zustände in diesem Land. Ihr blieb nur noch eines: Südafrika schnellstens zu verlassen.

Ein Jahr lang war sie ruhelos umhergezogen, bis ihr das Geld ausgegangen war. Später teilte sie das Leben der Hippies und genoß die Freiheit in Europa.

45

Ihre Eltern waren Juden. Obwohl sie die Kinder nicht nach jüdischem Glauben erzogen hatten, setzte sich in Rivka der Gedanke fest, ihre Wurzeln zu finden. Kurz entschlossen investierte sie ihr letztes Geld in eine Schiffspassage nach Haifa.

Auf diese Weise war sie nach Israel gelangt. Land und Leute hatten sie vom ersten Moment an in ihren Bann gezogen. Bald fand sie einen Job in der Stimatzki-Buchhandlung in Tel Aviv. Dort gewann sie ihr Selbstvertrauen wieder, lernte eine Menge netter Leute kennen, unter ihnen auch Avner und Dov. Zwischen ihnen entwickelte sich eine enge Freundschaft. Sie kannten sich bereits zwei Jahre, als Rivka und Avner vom Mossad angegangen wurden, mit Dov zusammenzuarbeiten. Bald erkannte Rivka, wie wichtig diese Aufgabe war. Sie wurde in den Kibbuz Revivim geschickt, um eine Gruppe sowjetischer Neueinwanderer unauffällig zu beobachten.

Lautes Hundegebell riß Rivka aus ihren Gedanken. Sie war überhaupt nicht müde, zog sich eine leichte Jacke über und verließ ihr Zimmer. Der Himmel war voller Sterne. Grillen zirpten in der blauen Stille.

Unvermittelt stieg ihr der Geruch von Pferden in die Nase. Wie lange war es her, seit sie das letzte Mal ausgeritten war? Es schien hundert Jahre her zu sein! Fast automatisch lenkte sie ihre Schritte in Richtung Pferdestall. Einmal meinte sie, hinter sich ein Geräusch zu vernehmen. Aber als sie sich umdrehte, konnte sie nichts entdecken. Vielleicht war es ein Tier, das durch die Nacht schlich.

Stampfen von Pferdehufen und leises Schnauben zeigten ihr, daß sie bei den Ställen angekommen war. Ein Fohlen näherte sich neugierig, beschnupperte ihre Hand. Verwundert blickte es auf die nächtliche Besucherin. Rivka streckte die

Hand aus und berührte es am samtweichen Hals. Dann ging sie hinüber zur nächsten Umzäunung, wo eine kräftige, wundervoll gebaute Stute stand und sie vertrauensvoll beäugte.

Sie kraulte ihr den Kopf. Das eigenwillige Tier schnappte unerwartet mit den Zähnen und entlockte Rivka ein Lächeln. Nach einigen Augenblicken ließ es sich streicheln und stupste mit den weichen Nüstern. Rivka duckte sich und schlüpfte unter der Holzabschrankung hindurch. Sie stand jetzt neben dem Pferd. Arabisches Blut floß in seinen Adern, dessen war sie sich sicher, als sie die Gestalt der Stute im Mondschein betrachtete. Die schlanken, doch kräftig gebauten Beine deuteten auf Schnelligkeit und Ausdauer hin.

Plötzlich schrak Rivka heftig zusammen. Sie hatte die schwarze Gestalt nicht bemerkt, die sich hinter sie gestellt hatte, erst als ein Schatten auf sie fiel und jemand sie ansprach, gewahrte sie den Fremden.

«Du hast dir aber das schlimmste Biest ausgesucht, um dich hier mitten in der Nacht zu unterhalten!» Die Stimme klang ruhig und nicht unsympathisch, aber Rivka erkannte den Mann in der Dunkelheit nicht. Die Stute war überrascht zurückgesprungen und schüttelte unwillig die Mähne.

Rivka schwang sich aus der Boxe. Sie trat auf den Fremden zu. Rasch hatte sie sich vom Schrecken erholt. Ihre Stimme klang sicher und angriffslustig. «Wer bist du, was tust du hier?»

Da lachte der Mann belustigt auf.

«Dasselbe könnte ich dich fragen! Weißt du nicht, daß man hier im Kibbuz Wache schiebt und es schon vorgekommen ist, daß man uns Pferde gestohlen hat?»

Rivka hatte vorschnell gefragt und kam sich nun blamiert vor. Das ärgerte sie.

«Sorry», entschuldigte sie sich etwas freundlicher, aber

noch immer mißtrauisch. «Ich konnte nicht schlafen und bin halt ein wenig herumspaziert.»

Der Mann ging an ihr vorüber zum Ende des Stalles. Dort drehte er am Lichtschalter, und trübe Glühbirnen erhellten die nähere Umgebung.

Die Pferde wurden unruhig und wieherten leise, als der gedämpfte Lichtstrahl sie so unerwartet traf. Der Unbekannte trat auf Rivka zu. Jetzt konnte sie sein Gesicht sehen. Sie war angenehm überrascht. Auf den ersten Blick hatte sie gemeint, einen Araber vor sich zu haben, doch dann sah sie seine bernsteinfarbenen Augen und die gebräunte Haut. Der Kerl blickte sie unverwandt an, und das verwirrte sie.

«Jetzt kannst du dir die Pferde auch ansehen, wenn du schon da bist», brach er die angespannte Stille zwischen ihnen.

Rivka schritt an ihm vorüber.

Er konnte ihr Parfüm riechen. Das lange, glänzende Haar verlockte zum Anfassen. Von der Seite her beobachtete er sie. Sie ist noch viel schöner als auf der Fotografie in Abdullas Büro, dachte er.

«Ich heiße Tamir und arbeite hier im Kibbuz», stellte er sich vor, während seine Augen jeder ihrer Bewegungen folgten.

Rivka drehte sich ihm zu. Winzige helle Zapfenlocken kringelten sich bis hinunter auf seine Schultern.

«Dich hab ich hier noch nie gesehen», log er.

«Ich bin auch erst seit kurzem hier und wollte endlich mal die Pferde sehen.»

«Gefallen sie dir?» fragte er dicht an ihrem Ohr.

«Ja, vor allem diese Stute hier.»

«Su ist ein Prachtstier», bestätigte er mit Stolz in der Stimme.

Das Pferd drängte sich an ihn und rieb die Nüstern an seiner Schulter.

«Sie scheint dich gut zu kennen.»

«Kannst du reiten?» fragte er, ohne auf ihre Bemerkung einzugehen.

«Ja, ich reite sehr gern.» Sie ärgerte sich ein wenig über seine Großspurigkeit.

Er musterte sie ungeniert von Kopf bis Fuß und schnalzte mit der Zunge.

«Du hast mir immer noch nicht gesagt, wie du heißt», warf er ihr selbstsicher vor.

«Du hast mich auch nicht danach gefragt», antwortete Rivka schlagfertig.

Seine hellen Augen funkelten sie an, und die vollen, geschwungenen Lippen lächelten spöttisch, aber ungemein verführerisch.

Rivka gähnte verhalten. «Ich glaube, ich schaue mir die Pferde morgen bei Tageslicht an. Ich geh schlafen. Besten Dank für die Lightshow!»

Tamirs Augenbrauen zogen sich zusammen. Ein seltsames Grinsen huschte über seine orientalischen Gesichtszüge. Wortlos wandte er sich ab und ging auf den Lichtschalter zu.

Dann war die Welt wie in dunkle Watte gepackt. Aber Rivkas Augen gewöhnten sich rasch wieder an die Dunkelheit. Tamir trat auf sie zu. Ihr Herz klopfte zum Zerspringen, und sie war froh, daß Tamir ihr Erröten nicht sehen konnte.

Seine Hand lag schwer auf ihrem nackten Unterarm, als er verhalten sagte: «Komm, ich bring dich zurück zu deinem Zimmer. Am Ende verirrst du dich noch.»

«Ist nicht nötig, Tamir», hörte Rivka sich antworten. Die Hand, die sich auf ihrem Arm anfühlte wie glühende Kohlen, schüttelte sie ab. Neben ihr erklang wieder dieses überlegene Lachen, und sie ahnte, daß ihr störrisches Verhalten ihn nur belustigte. Der Kerl wird langsam aufdringlich, dachte sie empört.

Trotz ihrem Einwand begleitete Tamir sie, doch ohne etwas zu sagen. Als sie aus der Dunkelheit traten und sich im hellen Schein der Straßenlampe gegenüberstanden, musterte Rivka Tamir unauffällig: helle, verwaschene Shorts und ein kariertes Hemd, das lose über seine schmalen Hüften hing. Er war ein wenig größer als sie.

«Wo arbeitest du?» fragte er jetzt.

«In der Mattah.»

«Oh — welch Zufall! Dort bin ich auch beschäftigt. Komisch, daß wir uns noch nicht begegnet sind.»

Nach einer Weile des gespannten Schweigens sagte er: «Nu, vielleicht sehen wir uns mal wieder . . .», ließ sie stehen und schlenderte gelassen in die andere Richtung.

Rivka schaute ihm verdutzt nach. Nach ein paar Schritten blieb er stehen, drehte sich noch einmal um und winkte ihr kurz zu. Schnell wurde er von der Dunkelheit verschluckt.

«Komischer Kauz», sagte Rivka kopfschüttelnd. Doch sie mußte sich eingestehen, daß Tamir ihr nicht übel gefiel. In Gedanken versunken kehrte sie in ihr Zimmer zurück. Dort zog sie sich aus und stellte sich einige Minuten unter die warmen Wasserstrahlen der Dusche. Wohlig räkelte sie sich und seifte sich von oben bis unten ein. Minutenlang ließ die das Wasser über die Haut rinnen. Dann angelte sie sich ein Badetuch und trocknete sich ab. Dabei ging sie ins angrenzende Zimmer, zog sich ein T-shirt über und löschte das Licht. Schon bald würde sie wieder aufstehen müssen.

Ein lautes Klopfen weckte sie kurz vor vier Uhr. Es kam Rivka vor, als wäre sie gerade erst eingeschlafen.

Beim Morgenkaffee begrüßten sich die jugendlichen Früh-

50

aufsteher. Die meisten von ihnen arbeiteten in den Plantagen draußen vor dem Kibbuz und halfen bei der Ernte der Saisonfrüchte. Sie alle schauten noch ziemlich verschlafen in ihre Kaffeetassen. Es blieb ihnen jedoch nur kurze Zeit, um sich an den erwachenden Morgen zu gewöhnen. Der Leiter rief zum Aufbrechen.

Draußen wartete ein Traktor mit Anhänger, um die Gruppe zu den Plantagen zu fahren. Im Dämmerlicht erkannte Rivka auf dem Führersitz Tamir. Der Bursche blickte nicht einmal auf, als sie alle einstiegen und auf den Holzbänken zusammenrückten. Die Sonne ging glutrot über der Wüste auf, als sie den Feldern zuratterten.

Einige Stunden später schwitzten die jungen Leute. Sie schleppten schwere Kisten voller herrlich saftiger Birnen zum Anhänger, der am Ende der Baumreihen stand. Die Arbeiter kamen aus allen Ecken dieser Welt, bildeten eine kunterbunte Gesellschaft, die sich in verschiedensten Sprachen verständigte. Auch Israelis halfen bei der Arbeit mit, und meistens ging es trotz Schweiß und Anstrengung lustig und spaßig zu. Sie neckten einander, bewarfen sich zwischendurch mit reifen Früchten oder rannten übermütig hintereinander her.

Gegen halb neun Uhr schlenderten die Volontäre zu der nahegelegenen Feldküche. Der Einfachheit halber wurde das Frühstück draußen in den Plantagen eingenommen.

Rivka setzte sich als eine der ersten. Sie griff nach Besteck und Teller, als sich jemand neben sie hinflegelte. Aufblickend schaute sie geradewegs in diese Bernsteinaugen, die sie durch ihre Träume letzte Nacht verfolgt hatten. Die Farbe schien ihr im hellen Tageslicht noch verwirrender.

«Magst du Kaffee?»

Ohne ihre Antwort abzuwarten, schenkte Tamir einen Be-

cher voll. Dann langte er über sie hinweg nach der Zucker-
dose.

Dabei streifte sein Haar ihr Gesicht. Rivka fühlte, wie sich
in ihr alles verkrampfte. Schwatzend fielen die anderen über
das Frühstück her. Izchik, ein schlaksiger Israeli mit melan-
cholischen Augen, saß Rivka gegenüber und sprach sie mit
vollem Mund an: «Hast du vom gestrigen Anschlag auf den
Bus gehört?»

«Ja», antwortete Rivka bedrückt. «Es muß grauenhaft gewesen sein.» Eine Mutter war zusammen mit ihren drei kleinen Kindern lebendigen Leibes verbrannt, während ihr
Mann draußen vor dem Bus hilflos zusehen mußte. Rivka
hatte es gestern in den Nachrichten gehört. Militante Palästinenser hatten das Fahrzeug mit Brandbomben angegriffen.
Dabei hatte sich der hintere Teil des Busses in ein Flammen-
meer verwandelt. Vier Menschen waren ums Leben gekommen.

«Diese Drecksaraber mit ihren Scheißbomben», fluchte
eine junge Dänin, die neben Izchik saß.

«Da hast du wieder einmal den Beweis, daß man diesen
Moslems nicht trauen kann», behauptete Izchik. «Sie begegnen uns mit Terror und Haß, und der wird ihnen schon von
Kindheit an eingeimpft. Dabei zeigen sie mit ihren blutigen
Händen das ‚Victory‘-Zeichen!» Er geriet in Fahrt. «Uns
bleibt gar keine andere Wahl, als uns zu wehren und zu verteidigen! Ich kann nicht an Verhandlungen am runden Tisch
glauben. Nicht mit Arabern.»

Ja, dachte Rivka. Sie sollten wirklich endlich anfangen,
Israel und der Welt zu beweisen, daß auch sie Frieden wollen
und daß man ihnen vertrauen kann. Erst dann würde ein
Friede, ein echter Friede in dieser Region möglich sein. Israel hat den Krieg nicht gewollt oder provoziert, und außer

‚Schalon: haGalil'[1], dem Libanonkrieg, haben die Israelis nie einen Krieg angefangen.

Laut sagte sie: «Da hast du recht. Aber es gibt mehr Leute als du glaubst, die sagen, wir seien ‚kriegsgeil'. Ich glaube, es gibt wenige Völker auf der Erde, die sich so sehr nach Frieden sehnen wie wir. Doch schon unsere Existenz und Israel an sich sind für viele eine Provokation. Im Gegensatz zu dir, Izchik, glaube ich doch an Verhandlungen. Natürlich nicht in jedem Fall. Aber wenn es gilt, einen Krieg zu verhindern, dann muß alles Menschenmögliche unternommen werden.» Rivka hatte sich in Feuer geredet. Energisch stellte sie die Tassen ineinander. «Auch im Fall der Palästinenser bin ich für Verhandlungen», sagte sie abschließend.

«Nur nicht mit der PLO, dieser Terroristenbande», rief Simon dazwischen. «Es ist nur die PLO, die die Palästinenser zur Gewalt gegen uns anstiftet. Wir schießen doch nicht aus purer Langeweile auf harmlose, friedliche Demonstranten. Nein, unsere Soldaten werden von diesen Randalierern mit Steinen, Brandbomben, Äxten und Messern angegriffen. Auch ein Ziegelstein kann töten! Die Soldaten und Polizisten handeln in Notwehr. Mein Gott, sollen sie sich denn einfach abmurksen lassen?»

Rivka bemerkte aus den Augenwinkeln, wie Tamir aufgestanden war und wortlos wegging. Er hatte sie keines Blicks mehr gewürdigt.

«Diese Drecksaraber!» schimpfte die Dänin wieder wütend vor sich hin.

«Halt doch den Mund!» herrschte Meiir sie grob an. Er

---

1) „Frieden für Galiläa", der Name des Libanonkrieges. Befreiung des Galiläas von der Bedrohung durch die von palästinensischen Terroristen abgefeuerten Katjuscha-Raketen und die Überfälle aus dem Libanon

setzte sich auf Tamirs Platz. «Du kannst sie nicht alle in einen Topf werfen! Man muß unterscheiden zwischen Moslems und militanten Fundamentalisten!»

Die blonde Nordländerin zog beleidigt ihren Kopf ein und schwieg.

Etwas versöhnlicher fuhr Meiir fort: «Unsere Lebensweisen sind eben zu verschieden. Wir haben hier in Israel innert kurzer Zeit enorm viel erreicht. Aus irgendeinem Grund sieht das die arabische Welt nicht gern. Es scheint mir, seitdem dieses Land zum Blühen gebracht worden ist, will es jeder haben.»

«Natürlich hast du recht, wenn du sagst, daß nicht alle gleich sind», bekräftigte Rivka. «Wir kennen doch alle auch Araber, die uns gegenüber loyal gesinnt sind und viele Jahre hier friedlich mit uns leben. Denen geht es jetzt am miesesten. Sie sind in einer richtigen Zwickmühle. Sollen sie auf einmal Steine nach uns werfen oder sich als Zionistenfreunde am nächsten Baum aufknüpfen lassen? — Nein, glaubt mir, auch im anderen Lager schmerzt der Aufstand in den Gebieten.»

«Hei, Kinder, ihr könnt nicht den ganzen Tag hier rumdiskutieren. Sollen denn die Birnen von alleine runterfallen?»

Lachend standen sie auf und folgten Fernandez zurück an die Arbeit.

*

Auf den Rasenflächen um ein türkisfarbenes Wasserbecken hatten sich zahlreiche Sonnenhungrige niedergelassen. Im niedrigen Wasser tummelten sich braungebrannte Kinder, spielten und kreischten übermütig. Den idyllischen Ort säumten Palmen und Hibiskushecken. Hinter der Umzäu-

54

nung war schon Wüste, eine verlorene Weite bis zum blassen Horizont.

Rivka und Meytal saßen nebeneinander auf dem Rasen und unterhielten sich. Auf ihren Körpern glänzten die Wassertropfen wie Perlen. In der Nähe alberten einige Israelis mit Volontärinnen herum. Rivka schaute hinüber. Ob Tamir dabei war? Es ärgerte sie, daß er sich immer wieder in ihre Gedanken drängte. Trotzdem schweiften ihre Blicke ständig zum Eingang des Schwimmbades. Kurz darauf entdeckte sie dort jemand anders.

Dov trug unter dem aufgeknöpften weißen Hemd nur eine Badehose. Von der Fahrt im offenen Jeep durch die Wüste waren seine pechschwarzen Locken wild zerzaust, was ihm ein verwegenes Aussehen gab. Er winkte. Meytal sprang auf und rannte auf ihn zu. Er fing sie mit seinen Armen auf, lachte strahlend und küßte sie stürmisch.

Niemand beachtete den dunkelhäutigen Burschen auf dem Traktor, der von seinem Sitz aus, verdeckt durch die dichten Büsche, ins Bad starrte.

Seine Augen funkelten wütend, und die hohen Backenknochen stachen hart aus dem angespannten Gesicht. Rivkas Lachen brannte in seinem Innern. Die Blonde zeigte ihm ganz offensichtlich die kalte Schulter. Aber er war überzeugt, daß er sie rumkriegen würde. So, daß sie ihm alles sagen würde, was er wissen mußte! Das Gespräch heute morgen beim Essen hatte ihn wütend gemacht, doch er wußte sich zu beherrschen, und sein kantiges Gesicht blieb völlig regungslos. Ich hätte ihnen die Geschichte meiner Großeltern erzählen sollen, dachte er, daß sie ihr ganzes Hab und Gut durch die Zionisten verloren haben!

Der syrische Großgrundbesitzer, für den seine Großeltern damals wirtschafteten, hatte den jüdischen Einwanderern das Land verkauft. Auf diese Weise wurden sie von einem Tag auf den andern heimatlos. Die Eltern lebten im Flüchtlingslager von Kalkhilya. Er selbst, Salim (so hieß er nämlich), hatte nie etwas anderes gekannt als Armut. Und Wut, eine bohrende Wut auf die Israelis, denen es so viel besser ging als ihnen.

Zähneknirschend riß sich Salim von Rivkas Anblick los. Er ließ den Motor des Traktors aufheulen und fuhr rasselnd davon.

*

Meytal schloß hinter sich die Zimmertür. Endlich waren sie und Dov allein. Überglücklich schmiegte sie sich an ihn, fuhr mit der Hand durch sein dichtes Haar. Ihre Lippen fanden sich, und sanft schob Dov Meytal zu ihrem Bett. Sie genossen die Hitze, die von ihren Körpern ausging, drängten zueinander.

«Du, jetzt lassen wir aber nie mehr so viel Zeit verstreichen, bis wir uns wiedersehen, nachon[1])?» Dov drückte Meytal an sich.

«Bestimmt nicht», lachte sie glücklich. Dann setzte sie sich auf. «Ich mach uns einen türkischen Kaffee.»

Nackt, wie sie war, rollte sie sich über ihn hinweg und machte sich in der Kochnische zu schaffen.

«Dov, Rivka hat mir übrigens erzählt, daß bald eine Gruppe sowjetischer Neueinwanderer hierher kommt, um die Schule zu besuchen. Weißt du mehr darüber?»

«Ken. Wir haben Informationen, daß sich vermutlich ein

---

1) hebr. richtig, stimmt

Agent des KGB darunter befindet. Er soll Aufträge weiterleiten und überwachen.»

«Wie sollen wir uns verhalten?» fragte Meytal, brachte die Tassen und trank einen Schluck.

«Benehmt euch unauffällig, aber kümmert euch um diese Leute. Es ist wichtig», betonte Dov ernst, «daß derjenige, um den es sich handelt, auf keinen Fall dahinterkommt, daß ihr ihn beobachtet. Das könnte die ganze Sache vermasseln, und das wäre eine Katastrophe, jetzt wo wir einem von ihnen auf der Spur sind!»

Dov zog sich sein Hemd über. Meytal bewunderte das Spiel seiner kräftigen Schultermuskeln.

«Dieser Ulpan ist auch für unseren Mann wichtig; denn genau wie für dich, Meytal, bedeutet es für ihn einen günstigen Einstieg in das hiesige Leben. Er wird sich also bemühen, diese vier Monate in Revivim auszuhalten.»

Dov trank den letzten Schluck und stellte die leere Tasse in den winzigen Spültrog.

«Meytal, es ist höchste Zeit, daß ich wieder zurückfahre. Begleitest du mich zum Auto?»

Ein paar Minuten später verabschiedeten sie sich voneinander.

Bereits zum zweiten Mal innert vierundzwanzig Stunden stand Meytal nun auf dem Parkplatz. Diesmal fühlte sie sich jedoch nicht mehr so verlassen. Ein Glück, daß Rivka im Kibbuz war!

Hinter sich hörte sie das Stampfen von Pferdehufen. Sie drehte sich um und sprang zur Seite. Der Reiter hielt den Kopf stolz erhoben und grüßte lässig mit der Hand, während er auf dem nervös tänzelnden Pferd an ihr vorübertrabte.

Salim war auf dem Weg zu Rivka.

Unterwegs zum Reitstall hatte er gesehen, daß sie vor ihrem Zimmer im Gras lag. Jetzt näherte er sich der Wohngegend der Volontäre. Er ließ sich nichts anmerken. Wahrscheinlich hatte das Hufgeklapper Rivka aufgeschreckt, denn sie blickte in seine Richtung. Sie erkannte Salim, sprang auf und ging aufreizend langsam auf ihn zu. Er tat, als sähe er Rivka erst jetzt, und zügelte die Stute direkt vor ihr.

«Hi», grinste er.

Die weißen Zähne blitzten im gebräunten Gesicht. Verspielt tanzten die hellbraunen Zapfenlocken um seinen sehnigen Hals. Salim war sich bewußt, wie seine Erscheinung auf Frauen wirkte. Seinen Charme versprühte er berechnend.

«Wie geht's?»

Rivka ärgerte sich, daß er auf sie herunterblickte. Männer, die ihre Männlichkeit derart herausbalzten, schätzte sie überhaupt nicht.

«Du hast mir gar nicht gesagt, daß du auch reitest.» Sie mußte diesen unverschämten Kerl auf seinen Platz weisen! Sie fühlte die Hitze auf ihrem Gesicht, als er sie mit seinen ungenierten Blicken über ihren Körper geradezu auszog.

«Es war ja nicht nötig, daß ich dir meine ganze Lebensgeschichte in der ersten Nacht schon auftischte», erwiderte er anzüglich.

«Du spielst dich ja gewaltig auf!» Rivkas grüne Augen funkelten ihn zornig an.

Salims Pferd unterbrach den Streit. Die Stute scheute und trommelte mit ihren zierlichen Hufen nervös auf den Asphalt. Er zügelte sie, redete beruhigend auf das Tier ein.

«Reitest du morgen mit mir aus?» rief er Rivka zu. «Natürlich nur, wenn du dich getraust! Wie du dich selbst gerade überzeugen kannst, haben diese arabischen Pferde Feuer im

Hintern. Es braucht eine feinfühlige, zugleich aber starke Hand, um sie zu reiten. Su ist eine besonders dickköpfige, sensible Lady. Aber wenn du ihr zeigst, wer der Boß ist, dann pariert sie wie ein Lämmchen!»

Bei den letzten Worten blickte er Rivka eindringlich in die Augen. Seinem Grinsen war anzusehen, wie zweideutig er seine Worte meinte.

«Ich hole dich morgen um vier Uhr hier ab, beseder?» Wie es seine Art war, wartete er ihre Antwort nicht ab, sondern riß die Stute herum und drückte ihr heftig seine Fersen in die bebenden Flanken. Das Tier nahm einen so gewaltigen Sprung nach vorne, daß Rivka befürchtete, es würde seinen Reiter abwerfen. Aber der saß sicher im Sattel und hatte das Pferd unter Kontrolle. Wie von einer Tarantel gestochen galoppierte Su mit Salim davon.

Zitternd vor Wut blickte Rivka ihm nach. Du Mistkerl, dachte sie, wart nur, dir werd' ich's zeigen! Es wäre ja noch schöner, wenn ich mit diesem arroganten Kerl auch noch ausreiten würde. Außerdem hat er nicht einmal gefragt, ob ich Zeit und Lust habe . . . Mit zornigen Schritten ging sie in ihr Zimmer zurück.

*

Für Meytal begann am nächsten Morgen der erste Arbeitstag im Kindergarten. Der Vormittag verging wie im Flug. Alles war neu und aufregend. Noch nie hatte sie mit Kindern zu tun gehabt. Und sie kam kaum zu einer Verschnaufpause. Schon die vielen verschiedenen Namen der Vierjährigen bereiteten ihr Mühe. Einige von den Kleinen waren rechte Schlingel, die die Neue neckten, wo sie nur konnten. Sie versuchten bei jeder Gelegenheit, Meytals Unwissenheit auszunutzen. Bald schon fiel ihr auf, wie sehr man die Jungmannschaft verwöhnte.

Eine Frau erklärte ihr manchmal übertriebenes Umsorgen damit, daß die Kinder in Israel viel zu früh erwachsen würden. Vom Ernst des Lebens würden sie noch früh genug eingeholt.

«Alle sind bemüht, den Kleinen die Kindheit so unbeschwert wie möglich zu lassen.» Die Frau wischte der kleinen Michal den Sirupsaft vom Gesichtchen und schickte sie hinaus zum Spielen. Vor dem Mittagessen unternahmen die Betreuerinnen mit der ganzen Gruppe einen Spaziergang zum Schwimmbad. Die Kinder konnten sich dort nach Herzenslust austoben. Als Meytal am frühen Nachmittag das Kinderhaus verließ, war sie vollkommen erschöpft.

Vor ihrem Zimmer wartete bereits Rivka.

«Hei, du siehst müde aus, Meytal. Komm, wir gehen eine Runde schwimmen, und du erzählst mir von deinem ersten Arbeitstag.»

Lebhaft schwatzend schlenderten die beiden zum Pool. Im Wasser kühlten sie sich ab. Wohlig lagen sie dann im Gras, plauderten und dösten in der warmen Sonne. Nach vier Uhr verabschiedete sich Rivka. Als sie ihre Zimmertüre aufschließen wollte, ertönte hinter ihr eine bekannte Stimme: «Du hast doch nicht etwa unser Rendezvous vergessen?»

Sie wandte sich um. Salim sprang ab und zog die beiden Pferde, die er mitgebracht hatte, an den Zügeln neben sich her.

Rivka blickte ihn abweisend an. Wortlos drehte sie ihm den Rücken zu.

«Rivka, ich dachte, wir seien verabredet», wiederholte er eindringlich.

«Du vielleicht», spottete sie und schaute über die Schulter.

«Ich habe nie zugesagt, mit dir auszureiten! Und ich denke gar nicht daran!» Ihr Gesicht verhärtete sich.

«Oh, come on . . . Mach doch kein Theater, Girl! Ich habe dir extra Su gesattelt. Die brennt darauf, ausgeführt zu werden. Das kannst du dem Tier doch unmöglich antun!»

Salim merkte an ihren zornigen Blicken, daß er zu weit gegangen war. Er setzte eine zerknirschte Miene auf. «Du kannst mich hier doch nicht einfach mit zwei Pferden stehenlassen. Sieh mal», bat er reumütig, «mein alter Herr war Araber. Er hat mir ab und zu Beduinenmanieren beigebracht, entschuldige bitte mein Benehmen. Oder, wenn du willst, kannst du allein ausreiten. Ich nehme einen anderen Weg. Allerdings . . . du kennst die Gegend nicht und . . .»

Rivka gab nach; er hatte sie überzeugt. Und außerdem ritt sie fürs Leben gern. Vielleicht hatte der Bursche die Lektion diesmal begriffen.

«Beseder. Ich komme mit. Warte, bis ich mich umgezogen habe!»

Es war Salims Glück, daß Rivka sein triumphierendes Grinsen nicht mehr sehen konnte.

Rivka trug eine rote Seidenbluse, welche die Farbe ihrer blonden Haare betonte. Salim schien sich über ihren Anblick zu freuen und warf ihr einen schrägen, bewundernden Blick zu. Er hielt die Stute am Zügel, während Rivka sich geschickt in den Sattel schwang. Eine Weile ritten sie wortlos nebeneinander her. Salims Pferd war dem ihren so nahe, daß sich sein nackter Schenkel am Stoff ihres Hosenbeins rieb.

Sie verließen das Kibbuzareal in südlicher Richtung. Draußen auf der sandigen Ebene ließen sie die Tiere in einen leichten Trab fallen. Rivka spürte, wie sehr die Stute unter ihr darauf erpicht war, loszusprengen. Sie ritten an einem sil-

bernen Kornfeld entlang, über welches der leichte Abend-
wind wie eine Hand über ein weiches Tierfell strich.

Auf einer langen Geraden, neben dem Feld, ließ Rivka
endlich die gestrafften Zügel durch ihre Hände gleiten und
drückte dem Pferd die Sportschuhe in die Flanken. Su nutzte
die gewonnene Freiheit und preschte mit langen Sätzen vorwärts.

Salims Wallach war zusammengeschreckt. Der Bursche
blickte anerkennend hinter der immer schneller dahingalop-
pierenden Reiterin her. Dann gab auch er dem schwerfällige-
ren Cocheese die Zügel frei und trieb ihn zum Galopp an.
Plötzlich durchfuhr es Salim siedendheiß: der Steilhang kurz
nach dem Feld, den Rivka nicht kennen konnte! Heftig trieb
er das schnaufende Tier an, obwohl er wußte, daß es nicht
schneller werden konnte. Er wußte auch, wie dickköpfig Su
sein konnte, wie schwierig es war, die äußerst kräftige Stute
zum Anhalten zu bringen.

Rivka sah die Geröllhalde hinter dem Kornfeld frühzeitig
und zügelte Su. Doch das Tier gehorchte überhaupt nicht,
schüttelte nur unwillig den vorgestreckten Kopf. Wieder zog
Rivka mit aller Kraft an den Zügeln und stemmte ihre Füße
in die Steigbügel. Aber auch diesmal nützten ihre Anstren-
gungen nicht viel, und sie rasten dem Ende des Feldes zu.

Rivka war eine erfahrene Reiterin. Nur dank ihrem Können und ihrer Kraft gelang es ihr schließlich, Sus Tempo zu
drosseln.

Am Rand des Feldes, kurz vor dem Abhang, brachte sie
die Stute endlich zum Stehen. Schwer atmend, mit zittern-
den Beinen schüttelte Su erbost die Mähne und versuchte die
kurzgehaltenen Zügel zu gewinnen. Auf Rivkas Stirn zeigten
sich glänzende Schweißtropfen. Ihr Herz klopfte zum Zerspringen, als Salim außer Atem neben ihr anhielt.

Er tat, als ob er von ihrem Kampf nichts bemerkt hätte, und dirigierte Cocheese vom Weg ab gegen das Wadi[1] zu.

«Komm, wir reiten dort hinüber», sagte er mit rauher Stimme.

Rivkas Hände fühlten sich an wie rohes Fleisch. Sie biß sich auf die Lippen und unterdrückte ein Stöhnen. Nach einigen Metern lockerte sich ihr verkrampfter Körper, und sie lenkte ihr Pferd näher zu Cocheese.

Über das Geröllfeld ritten sie dem ausgetrockneten Bachbett zu. Jetzt erst bemerkte Rivka den Abgrund, und ihr wurde die Gefahr bewußt, in der sie geschwebt hatte.

Auf dem Grund des Wadis hielten sie die Tiere an. Sie ließen sie die dürren Grasbüschel zwischen den Steinen fressen.

«Wie kommt es, daß du als Araber hier im Kibbuz arbeitest?» fragte Rivka, noch immer außer Atem.

«Eigentlich bin ich nicht Araber», antwortete Salim bedächtig. Dabei schaute er ihr tief in die grünen Augen. «Meine Mutter war Jüdin. Sie ist in Ägypten geboren. Nach ihrer Einwanderung heiratete sie einen israelischen Araber, meinen Vater.»

Nach einer kurzen Pause fuhr er fort: «Meine Geschwister und ich kamen hier zur Welt. Nach dem Militärdienst entschloß ich mich, Arbeit zu suchen. Wie du weißt, ist das im Moment nicht einfach. Nach einigen Gelegenheitsjobs landete ich schließlich im Kibbuz. Seit einem halben Jahr bin ich in Revivim.»

«Ach so.» Rivka war fast erleichtert, daß Tamir kein Araber war. Im gleichen Moment schalt sie sich eine Närrin. Vorurteile zu haben war nun wirklich das allerletzte.

---

1) ein im Sommer ausgetrocknetes Bachbett

Salim drängte weiter. Die Pferde kletterten den steilen Hang auf der anderen Seite des Wadis hinauf. Oben blieben die Tiere schnaufend stehen. Von hier aus hatte man einen weiten, herrlichen Ausblick. Weit vor ihnen lag der Kibbuz wie ein Spielzeugdorf inmitten grüner Plantagen und Felder. Die üppige Vegetation des Ortes stach von der gelblichen, ausgetrockneten Umgebung ab. Um die beiden jungen Leute herum war die hügelige Landschaft karg und steinig. Nur selten sahen sie in der Abenddämmerung Baumgruppen oder Büsche. Der Blick verlor sich in der fast unendlichen Weite. Rivka staunte. Jetzt, im späten Licht, gab die Wüste ihren ganzen Reichtum an Farben preis.

«Was ist das dort vor dem Kibbuz, Tamir? Es sieht aus wie eine Ruine oder ein altes Gebäude.» Salim folgte ihrem ausgestreckten Finger.

«Oh, das ist der Mizpe[1], das erste Gebäude von Revivim. Es diente als Wohn- und Schlafhaus. Zugleich war es Unterstand und Lazarett.»

Sie wendeten ihre Pferde und ließen sie auf einem geraden, sandigen Weg nochmals in Galopp fallen. Tränen schossen Rivka in die Augen, als sie Seite an Seite dahingaloppierten. Diese Araber waren schnell wie der Wind, ausdauernd und zäh, gezüchtet für das sengende Klima der Wüste. Unten in der flachen Senke feuerte Rivka Su an, und mühelos übernahm die Stute die Führung. Der Wallach blieb zurück. Sus geschmeidiger Körper streckte sich mehr und mehr in atemberaubender Geschwindigkeit. Später trabten sie einen Sandpfad entlang und dann in einer weiten Kehre zum Kibbuz hinauf.

---

1) hebr. Aussichtspunkt

64

Rivka hingen die Haare wirr ins Gesicht. Zurückblickend sah sie das fuchsbraune Pferd, wie ein Kriegsroß stampfend, den Hang herauftraben.

«Das macht mein alter Junge nicht mehr mit, solches Tempo», klagte Salim lachend, als er sie erreicht hatte. Cocheese stampfte wie zum Protest mit den Hufen im Sand und schüttelte den schweren Kopf.

Die letzte Strecke bis zu den Ställen ritten sie gemächlich nebeneinander, und Rivka bedauerte fast, daß sie schon zurück waren. Sie hatte den Ausritt durch die Wüste trotz dem Schrecken genossen. Diese Landschaft vermittelte ihr ein Gefühl von grenzenloser Freiheit. Aber jetzt wurde es rasch dunkel.

Die daheimgebliebenen Pferde begrüßten die Ankommenden mit freudigem Gewieher.

Salim war abgesprungen und redete mit einer Volontärin, die bei den Tieren stand. Ihr helles Lachen verriet, daß die Frau mit Salim flirtete.

Rivka stieg aus dem Sattel, band Sus Zügel an den Holzbalken und sattelte das schwitzende Tier ab. Das nasse Fell rieb sie zuerst mit Strohbüscheln und dann mit einer Bürste trocken. Aus den Augenwinkeln heraus beobachtete sie Salim und die Volontärin. Dann wandte sie sich ab. In der Sattelkammer fand sie Rüben, die sie Su brachte. Das Tier schnappte gierig danach. Salim machte noch immer keine Anstalten, zu ihr zu kommen; er schien sie vergessen zu haben.

Rivka ließ sich den Ärger nicht anmerken. Sie führte Su in die Boxe und zog ihr das Halfter über den Kopf. Dann schritt sie entschlossen vom Stall weg.

«Hei, wart mal! Du, so wart doch einen Moment!» Salim kam hinter ihr hergerannt und verstellte ihr den Weg.

«Ich hab's eilig», wich Rivka aus und wollte an ihm vorbei.

«Hab ich dich schon wieder verärgert?» fragte er. Seine Stimme klang wie Samt.

«Ach was. Besten Dank, daß du mich mitgenommen hast.»

«Gern geschehen. Ich hoffe, daß es dir Spaß gemacht hat. Wir können öfters zusammen ausreiten.»

«Vielleicht.»

*

Als Meytal am nächsten Tag zum Mittagessen im Speisesaal eintraf, sprach ein junger Mann sie an, der ihr bekannt vorkam.

«Schalom», sagte er freundlich. «Ich sehe, du bist neu hier. Willst du dich nicht zu mir an den Tisch setzen?»

«Das ist nett von dir», dankte Meytal erleichtert. Sie fühlte sich unter den vielen Menschen noch fremd und ein bißchen allein, folgte dem Burschen bereitwillig zu einem Tisch an der Fensterfront und ließ sich ihm gegenüber nieder.

«Jetzt weiß ich, wo ich dich schon gesehen habe», erinnerte sie sich laut und blickte in seine hellen Augen. «Wir sind uns gestern begegnet, als du zum Kibbuz hinausgeritten bist, stimmt's?»

«Kann sein, nachon. Übrigens, ich heiße Tamir.»

«Freut mich, Tamir, ich bin Meytal. Ich bin vorgestern erst in Revivim angekommen. Es ist alles noch so neu hier», plauderte sie und biß in ihr Schnitzel.

«Ah, sind die Bolschewiken doch noch angekommen», rief er plötzlich und wies auf eine Gruppe, die gerade den Nebentisch ansteuerte.

«Sind das die Leute aus der Sowjetunion?»

«Das müssen sie sein.»

Sie starrten zu den Neuen hinüber, die sich umständlich niederließen. Sie schwatzten in einer Meytal völlig fremden Sprache. Trotz der Müdigkeit, die aus ihren Gesichtern sprach, schauten sie sich neugierig um. Unter ihnen war ein einziges Mädchen, das verwirrt aus großen, rehbraunen Augen um sich blickte.

«Eine seltsame Sprache», unterbrach Salim Meytals Gedanken. Sie hatten ihre Mahlzeit beendet und er stand auf. «Magst du einen Kaffee?»

Meytal bejahte und beobachtete weiter die Neuankömmlinge.

«Was wollte denn der Typ von dir?» fragte plötzlich eine Stimme neben ihr.

«Hallo Rivka», begrüßte sie die Freundin, die stirnrunzelnd Salim nachblickte.

«Ach, er heißt Tamir. Du, der ist ganz nett. Ich habe gerade mit ihm gegessen. Aber schau mal», deutete Meytal. «Gleich hinter dir sitzen die Russen. Setz dich doch, Rivka!»

Im selben Moment kam Salim an den Tisch zurück. In beiden Händen hielt er volle Gläser mit heißem Kaffee. Grinsend sah er Rivka entgegen, die unschlüssig neben Meytal stand.

«Sieh mal!» rief er. «Also Rivka heißt du.» Er setzte sich wieder auf seinen Platz und stellte ein Glas vor Meytal hin. «Willst du auch einen Kaffee, Blondy?» fragte er und wollte sein Glas schon über den Tisch zu Rivka schieben.

«Hör auf, mir irgendwelche Namen zu geben», zischte diese wütend.

Er lachte. «Du bist ja noch entzückender, wenn du so wütend bist!»

Wortlos machte Rivka auf dem Absatz kehrt und verließ den Saal.

«Kannst . . . kannst du mir vielleicht sagen, was zwischen euch los ist? Warum ist meine Freundin so wütend?» fragte Meytal kopfschüttelnd und blickte Salim verständnislos an.

«Sie scheint etwas gegen mich zu haben», erklärte er leichthin. Dann wurde er wieder ernst. «Jedesmal wenn sie mich sieht, reagiert sie wie eine Wildkatze, streckt ihre Krallen nach mir aus. Dabei habe ich sie gestern noch mit zum Reiten genommen», sagte er unschuldig.

Sie tranken ihren Kaffee. Als Meytal aufstand und hinausging, begleitete er sie.

«Hast du heute Lust, nach Be'er Sheva zu fahren?»

«Nein danke», antwortete Meytal. «Ich will mit Rivka schwimmen gehen.»

«Na ja. — Der Bus fährt um vier Uhr von der Haltestelle ab. Wenn du es dir noch anders überlegst, weißt du, daß ich dort bin», erklärte er.

«Beseder. Jetzt muß ich zurück in den Kindergarten. Dort gibt es für mich bestimmt noch eine Menge Böden zu reinigen!»

Eine Stunde später klopfte Meytal an Rivkas Zimmertür. Auf den Ruf der Freundin trat sie ein.

«Bist du fertig, Rivka?»

«Ich komme gleich. Willst du etwas trinken?»

Wieder klopfte es draußen.

«Ken!» rief Rivka laut.

Ein bleiches Gesicht erschien in der Tür. Große Rehaugen blickten die beiden Mädchen fragend an.

«Darf ich bittä einer Frage?»

Ohne ihr Dazutun hatten Meytal und Rivka mit den angekommenen Russen den ersten Kontakt gefunden, und täglich ergab sich nun Gelegenheit, einander besser kennenzulernen.

*

Die Freundinnen spazierten zur Mizpe. Die letzten Häuser des Kibbuz verschwanden hinter dem Laub einer Obstplantage.

«Für die Lehrer ist es manchmal recht schwierig, uns allen eine gemeinsame Sprache beizubringen. Stell dir mal vor, zehn verschiedene Nationalitäten!» Meytal lachte. «Zum Glück sind nicht alle so schwerfällig wie dieser Russe Amos.»

«Mein Fall ist er ja auch nicht, dauernd stopft er sich mit Essen voll. Ich kenne niemand, der so langweilig ist», erwiderte Rivka. «Dafür hab ich mich heute über Gregor amüsiert. Sogar verschwitzt in den Plantagen benimmt er sich wie ein Kavalier. Ständig kämmt er seine Haare.»

Meytal grinste. «Ein richtiger Schürzenjäger. Und was hältst du von Natascha — könnte sie eine sowjetische Spionin sein?»

Sie hatten den Mizpe erreicht. Rivka zuckte die Achseln. «Ich kann's mir eigentlich nicht vorstellen. Sie ist ein so zierliches Persönchen, erst neunzehn Jahre alt. Sie hat zu viele Flausen im Kopf. Und die andern . . . Ich weiß nicht . . . — Komm, wir gehen zurück. Der Schabbat fängt bald an. Ich möchte mir vor dem Nachtessen noch die Haare waschen.»

*

Wie immer herrschte am Freitag abend im Speisesaal eine festliche Stimmung. Obwohl nur wenige gläubige Juden in Revivim lebten, wurden die Festtage traditonell mit großer Begeisterung gefeiert. Das Schabbatessen schmeckte an den weißgedeckten Tischen noch besser.

Für die Jugendlichen und Junggebliebenen bildete die anschließende Disco-Party den Höhepunkt der Woche. Zu ohrenbetäubender Musik wurde getanzt. An der Bar war ständig ein Gedränge. Auch Rivka und Meytal nippten an ihren Gläsern. Schreiend versuchten sie sich zu unterhalten. Neben ihnen tauchte Amos auf und bat Rivka um einen Tanz. Sein Atem roch nach Alkohol.

Meytal beobachtete das ungleiche Paar. Mit dem Glas in der Hand schlenderte sie hinüber zu einem kleinen Tisch, an dem Natascha und Vladimir saßen.

«Nu, wie gefällt euch die Party?»

Vladimir musterte Meytal aus stahlblauen Augen.

«Für mein Geschmack ist bißchen laut hier, aber Natascha scheint zu haben große Freude.»

Zum ersten Mal huschte ein Lächeln über sein kantiges Gesicht. Im Ulpan hatte Meytal ihn als stillen Einzelgänger kennengelernt. Es wunderte sie, daß er überhaupt in die Disco gekommen war.

Rivka und Amos kamen zu ihrem Tisch. Amos' aufgedunsenes Gesicht war vor Anstrengung gerötet. Schweiß glänzte auf seiner Stirn.

«Hei, Amos, Tanzen ist ausgezeichnete Sport. Scheint mir gut gegen Übergewicht.» Natascha hatte den Nagel auf den Kopf getroffen. Alle lachten, sogar Amos grinste säuerlich.

«Am besten, du kommst jeden Abend hierher», mischte sich Salim ein.

Sie hatten sein Kommen nicht bemerkt. Dicht an Rivkas

Ohr fragte er: «Kommst du tanzen?» Unschlüssig erhob sie sich.

Der Discjockey legte eine Schnulze auf. Am liebsten wäre Rivka wieder umgekehrt. Aber Salim hatte sie schon in die Arme genommen. Es war ihr seltsam zumute, ihm so nahe zu sein. Sie war versucht, sich an ihn zu lehnen, und sie atmete erregt den Geruch seines Körpers ein. Aber etwas hielt sie zurück, und Salim spürte, wie sie sich in seinen Armen versteifte. Er begehrte sie immer heftiger. Noch nie war Salim eine Frau mit solcher Willensstärke und Selbstsicherheit begegnet. In ihrem Haar war ein Hauch von Moschus. Wie zufällig streifte sein Arm ihre Brust.

Rivka erging es ähnlich. Sie wagte bei dieser Berührung kaum zu atmen. Auf einmal schien es ihr im Raum unerträglich heiß zu sein.

Die Musik verstummte. Rivka wand sich aus Salims festem Griff. Sie schaute ihn nicht an, aus Angst, ihre Augen würden sie verraten.

«Ich brauche was zu trinken», sagte Salim. Er bestellte an der Bar zwei Drinks. Er schüttete den Whisky in einem Zug hinunter. Endlich blickte er in ihr Gesicht. Aber dann entfernte er sich wortlos.

Bestürzt blieb Rivka zurück. Sie wandte sich von der Bar weg und schlenderte langsam zu ihrem Tisch. Dort saß Natascha mit einigen Volontären.

«Weißt du, wo Meytal ist?»

«Sind gegangen ein bißchen frische Luft schnappen», erwiderte die Russin.

Rivka trat ins Freie. Auf dem Rasen vor der Disco saßen einige junge Leute, unter ihnen auch Meytal und Vladimir.

«Was mich immer wunder nahm», sagte Meytal gerade, «wird eigentlich in der UdSSR derart schlechte Propaganda verbreitet, daß so wenige jüdische Auswanderer den Weg hierher finden? Oder was könnte sonst der Grund sein?»[1]

Vladimir erklärte Meytal und Rivka, die sich zu den beiden ins Gras setzte, daß dies bis vor kurzem tatsächlich der Fall gewesen sei. Nach 1967, als die russische Regierung die Beziehungen zu Israel abbrach, habe sie die arabische Welt, besonders die PLO, finanziell und materiell unterstützt. Mit Israel habe sie bis heute noch keine offiziellen diplomatischen Beziehungen. Die Medien würden von der Regierung bevormundet, und somit sei die schlechte Propaganda für Israel programmiert.

«Auch UNO macht negativ Meinung über Israel», erklärte Vladimir in seinem holprigen Englisch.

«Das stimmt. Die Vereinten Nationen sind nicht immer gerecht», behauptete Meytal. «Es ist klar, daß der starke Block, die Dritt-Welt-Staaten, die UdSSR und alle arabischen Länder, manche Resolution stark beeinflussen. Die Palästinenser und die PLO zum Beispiel werden für ihre terroristischen Anschläge selten bis nie verurteilt. Daß in der Charta[2] der PLO die Vernichtung von Israel immer noch einer der wichtigsten Grundsätze ist, scheint auch die UNO nicht zu interessieren. Das ist alles andere als eine ausgewogene Haltung.»

«Aber viele Menschen denken, Vereinte Nationen haben

---

1) Zum Zeitpunkt als „Brennpunkt Be'er Sheva" beendet wurde, durften Juden die UdSSR noch nicht so zahlreich verlassen wie heute. Die wenigen, die Ausreisegenehmigungen erhielten, zogen es vor, in andere Länder als nach Israel auszuwandern. Zwischen 1989 und Mitte 1990 aber wanderten ca. 300 000 Sowjetjuden in Israel ein, nachdem den Juden die Ausreise erlaubt worden war, die USA hingegen die Einwanderungskontingente drastisch gekürzt hatten.
2) Gründungsartikel der PLO

konstruktiver, objektiver Rolle im Nahost», wandte Vladimir ein.

Meytal wußte andere Tatsachen. Die Vorschriften der UNO verlangten, daß die Leitung des Sekretariats auf faire Art zwischen den Mitgliedern aufgeteilt werde. Doch von verschiedenen moslemischen Staaten seien unverhältnismäßig viele Spezialisten dort beschäftigt.

«So hat der Libanon, zum Beispiel, statt seiner rechtmäßigen vier Arbeitsplätze sage und schreibe deren fünfunddreißig besetzt. Dasselbe gilt auch für andere arabische Länder. Es kann also keine Rede davon sein, daß die UNO unparteiisch ist.» Meytal wies auf die Resolution hin, in der der Zionismus[1] gar als Rassismus und Rassendiskriminierung verurteilt wurde und daß gerade diese hetzerische Resolution von der Sowjetunion, den Arabern und den Dritt-Welt-Ländern aufgegriffen worden sei.

«Neulich habe ich gelesen», mischte sich jetzt Rivka ein, «daß ein US-Botschafter sich genau zu diesem Thema geäußert hat: Es sei ein Akt der Schande. — Hitler hätte sich in diesem Abstimmungssaal bestimmt sehr wohl gefühlt!»

«Kein Wunder», entrüstete sich Meytal, «wenn die Menschheit nach solchen Aussagen seitens der UNO glaubt, nur Israel sei der Sündenbock!»

Aus den Augenwinkeln heraus bemerkte Rivka, daß Salim mit der brünetten Französin die Disco verließ.

«Möchte jemand einen Drink?» fragte sie laut, während sie aufstand. Niemand schien durstig. Sie schlängelte sich

---

[1] Sammelbegriff aller jüdischen Gruppen mit dem Willen zur Selbstdefinition als Nation und Volk in Israel. Zion = geografisch ursprünglich die Anhöhe des Tempelberges in Jerusalem. Heutiger Standort der Omarmoschee/Felsendom der Moslems

zur Bar durch und bestellte eine Cola. Auf einmal horchte sie auf. Aus den Lautsprechern ertönten die ersten Klänge eines ihrer Lieblingslieder. Spontan entschloß sie sich zu tanzen.

Ein paar Volontäre verrenkten ausgelassen ihre Glieder auf der Tanzfläche. Rivka gesellte sich zu ihnen. Selbstvergessen rockte sie zur Musik, spürte nur noch die mitreißenden Rhythmen. Zwischen zwei Songs lehnte sie sich atemlos an die Wand und ließ ihre Blicke durch den Raum schweifen. Plötzlich schaute sie geradewegs in Salims Gesicht, der in ihrer Nähe stand und sie beobachtete.

Rivka wandte sich ab, tanzte weiter. Wie lange war er schon dort und schaute ihr zu?

«Rivka, ich gehe nach Hause», rief Meytal ihr von der Tür her zu.

Allmählich leerte sich die Disco. Schließlich schlenderte Rivka müde zurück zum Ulpanareal. Als sie die Tür aufschloß und eintrat, spürte sie sofort, daß jemand während ihrer Abwesenheit im Zimmer gewesen war. Ein Gefühl erst, dann Hinweise. Sie ging ins Bad und stellte den Papierkorb wieder an den Platz, wo er immer stand. Im angrenzenden Raum bückte sie sich und schaute unter das Bett. Dann nahm sie die Reisetasche, die sie daruntergeschoben hatte, und öffnete sie. Ihre Brieftasche lag unberührt am selben Ort, wo sie sie hingelegt hatte. Geld fehlte keines. Sie schob die Tasche wieder zurück und verließ das Zimmer. Sorgfältig schloß sie die Tür ab. In langen Sätzen rannte sie über den Rasen zur Unterkunft ihrer Freundin, sah, daß noch Licht im Raum war, und stürmte ohne anzuklopfen hinein. Sie fand Meytal unter der Dusche.

«Rivka, was ist denn los? Ist etwas passiert?»

Meytal trat aus dem Bad und schlang sich ein Frottiertuch um den tropfnassen Körper.

«Jemand ist in meinem Zimmer gewesen!» sagte Rivka erregt und erzählte, was sie entdeckt hatte. Dann saßen sie nebeneinander auf dem Bett und überlegten, was der Einbruch zu bedeuten hatte. Wer könnte Interesse an Rivkas persönlichen Sachen haben?

«Vladimir kommt bestimmt nicht in Frage», sagte Meytal schließlich. «Ich verließ mit ihm zusammen die Disco. Er ist mit mir bis zum Ulpanareal gekommen. Selber bin ich auch erst zehn Minuten hier. Das reicht wohl kaum, um ein Zimmer zu durchsuchen, oder was meinst du?»

«Das meine ich auch. Kaum ein Dieb wäre wohl so blöd gewesen, nicht unter mein Bett zu schauen und das Geld zu vergessen.»

«Aber was könnte er denn sonst noch bei dir gesucht haben?»

«Das weiß ich beim besten Willen nicht. Eigentlich war's ja gar kein Einbruch. Das Moskitonetz vor dem Fenster ist nicht zerrissen oder gelöst, das Schloß ist intakt, also muß der oder die einen Schlüssel benutzt haben.»

Meytal überlegte.

«Es kann nur jemand gewesen sein, der einen Schlüssel zu diesem Raum hat», folgerte sie dann.

«Du, Meytal, vielleicht können wir in Erfahrung bringen, wer Schlüssel zu den Ulpanzimmern hat. Dann sehen wir weiter, beseder?»

«Beseder.»

«Aber jetzt muß ich ins Bett. Es ist spät geworden, oder besser gesagt, schon früh! Zum Glück können wir morgen ausschlafen.» Rivka gähnte.

*

Dov und Meytal fuhren im offenen Jeep aus dem Kibbuz hinaus auf die Landstraße. Die Hitze lastete schwer auf der Wüste. Über dem Asphalt flimmerte die Luft. Der Südwind war heiß und trocken, machte die Menschen schlapp und nervös. Er zerrte an Kleidern und Haaren, ein Sturm bei hellem Sonnenschein, der unbarmherzig über den ausgedörrten Boden fegte, da und dort Staubfontänen aufwirbelte, die dann wie von unsichtbarer Hand gehalten und schließlich weitergetragen wurden. Trockenes Gras und Gebüsch rollte er zu Kugeln, die er wütend vor sich hertrieb.

Sie näherten sich Be'er Sheva. Der Verkehr nahm allmählich zu. Dov steuerte den Wagen in ein modernes Quartier in der Nähe der Universität und parkierte vor einem mehrstöckigen Gebäude.

In einem engen Lift fuhren sie hinauf in den vierten Stock zu Dovs kleiner Wohnung. Er schloß die Tür auf und ließ Meytal eintreten. Ein wenig verlegen sah sie sich in den beiden hübschen Räumen um. Zum ersten Mal war sie in Dovs Zuhause.

«Schön hast du's hier», lobte sie.

Er hatte zuvor aufgeräumt. Auf dem Tisch stand sogar eine bauchige Blumenvase mit langstieligen Gladiolen, deren Farben leuchteten. Dov verschwand in der Küche. Meytal hörte ihn eine Flasche Champagner entkorken. Der Zapfen sprang mit einem Knall aus der Flasche und flog ins Wohnzimmer. Dann trat Dov zu Meytal und reichte ihr eines der Gläser mit dem prickelnden Getränk.

«LeChaiim, auf das Leben!»

Sie tranken einen Schluck und freuten sich auf die gemeinsamen Stunden, die sie vor sich hatten. Dov führte Meytal ans Fenster. Er zeigte hinunter auf den modernen Gebäudekomplex, der zur Universität gehörte.

«Die Experimentierfarm liegt nicht weit von hier», erklärte er.

«Da bist du ja bloß einen Katzensprung von deiner Arbeit entfernt! Ich möchte gerne einmal mitkommen und mir ansehen, wo du arbeitest.»

«Kein Problem», lächelte Dov. «Das läßt sich schon einrichten. Vielleicht gehen wir gegen Abend hin. Du kannst dann alles genau unter die Lupe nehmen.»

«Jofi[1]», freute sie sich, «das würde ich wirklich gerne tun!» Sie ging hinüber zu der Sitzecke und ließ sich in einen Korbstuhl fallen. Dov setzte sich neben sie.

«Erzähl mir doch von den Russen in Revivim», bat er. «Wie viele sind es eigentlich?»

«Sechs Männer und eine junge Frau. Sie heißt Natascha, ist erst neunzehn. Einem der Männer sagen sie nur ‚der Professor‘. Er ist fünfundzwanzig, hat nicht mehr allzu viele Haare auf dem Kopf und trägt eine John-Lennon-Brille. Von Beruf ist er Schuhmacher, handwerklich ein sehr geschickter Kerl. Eigentlich heißt er Iwan und ist offenbar ein eingefleischter Sozialist. Er kann stundenlang über irgendein Thema, das ihn gerade beschäftigt, diskutieren. Er scheint sich in vielem auszukennen.»

Meytal zündete sich eine Zigarette an.

«Ja, und dann Michael. Er ist dreiundzwanzig und hat meistens Heimweh. Er hat mir erzählt, er komme aus einer großen Familie mit sieben Geschwistern. Er konnte in Rußland keinen Job als Heizer finden. Da entschloß er sich, nach Israel auszuwandern. Seine Leute scheint er wirklich sehr zu vermissen. Yakov ist der Älteste. Er ist etwa Mitte

---

1) hebr. schön, wunderbar

Vierzig. Eigentlich glaubt er nur an Technik und Fortschritt. Ein kritikloser Anhänger der westlichen Konsumgesellschaft.» Meytal hatte die Russen an den Fingern abgezählt, jetzt rieb sie sich den Bauch. «Du, Dov, ich habe einen Bärenhunger. Komm, wir machen uns etwas zu essen.»

Die Mahlzeit, die Dov schon vorbereitet hatte, war köstlich. Dann beschrieb Meytal ihrem Freund bei einer Tasse türkischem Kaffee die weiteren Mitglieder der sowjetischen Gruppe. Als sie geendet hatte, bat sie neugierig: «Erzähl mir doch bitte mehr über die Absicht dieser Agenten.»

«Wie du selber schon weißt», begann Dov, «bildet der KGB speziell Leute aus, um sie nach Israel einzuschleusen. Es muß sich um ein recht kostspieliges, langwieriges Unternehmen handeln, und bis diese Agenten einsatzbereit sind, dauert es eine Weile. Als Prüfung sozusagen kann man ihre Einwanderung in unser Land betrachten. Diese ,neuen Einwanderer' kommen in Aufnahmezentren oder, wie unser Mann, in einen Ulpan. Von dort aus werden sie allmählich in die Gesellschaft eingegliedert. Auf diese Weise können sie fast überall Fuß fassen und aktiv werden. Das Ganze hat politische Wurzeln, denn wirtschaftlich scheint die Sowjetunion am Ende. Sie ist gezwungen, ihre Außenpolitik zu ändern. Mit ,Glasnost' und ,Perestroika' beweisen sie der Außenwelt zwar ihren Willen zur Zusammenarbeit. In Wirklichkeit, meine ich, ist die UdSSR jedoch darauf erpicht, ihren Platz als Weltmacht zu behaupten.»

Dov erklärte Meytal weiter, daß die Araber Israel durch einen Krieg kaum bezwingen könnten. Wenn nun aber die Russen den Arabern einen von innen ausgehöhlten Staat anbieten könnten, würden sie mit den Moslems zusammen ein riesiges Machtpotential verkörpern. Deshalb, nehme er an, sei der Gedanke entstanden, Israel zu unterwandern. Denn einen offenen Krieg mit Israel wage keine Partei, trotz allgemeinem Säbelrasseln. In der Weltöffentlichkeit stehe zuviel auf dem Spiel.

Meytal schaute Dov betroffen an. «Ist das nicht alles eine Nummer zu groß für uns?»

«Keineswegs. Schau, ihr seid dieser sowjetischen Gruppe sehr nahe im Kibbuz. Alles was ihr tun sollt, ist, sie ein wenig zu beobachten. Ganz unauffällig. Wenn ihr einen Verdacht hegt, so wird er dem Mossad mitgeteilt. Das ist alles. Von da an werden dessen Leute sich der Angelegenheit annehmen.»

«Ich bin froh, daß du mir das alles erzählt hast. So weiß ich wenigstens, worum es geht.»

«Du bist eine wunderbare Frau. Komm, Chamuda, ich zeige dir jetzt unsere Experimentierfarm.»

*

Meytal saß im Klassenzimmer. Versonnen erinnerte sie sich an den gestrigen Tag mit Dov. Neben ihr saß Amos. Er stöhnte zum wiederholten Mal vor sich hin. «Ich hab solche Zahnschmerzen.»

«Ach Amos, jammere doch nicht ständig. Ich kann dir auch nicht helfen — höchstens, wenn du von mir ein homöopathisches Schmerzmittel annimmst. Oder geh doch zu Gaby ins Office, laß dir die Nummer von einem Zahnarzt geben», rief sie leicht gereizt. Amos folgte ihrem Ratschlag. Als er sich wieder neben Meytal setzte, überraschte der Lehrer die Gruppe mit der Mitteilung, daß sie in einem Monat einen Ausflug in den Norden des Landes unternehmen würden. Das war natürlich wunderbar. Alle bestürmten Alon mit Fragen.

«Ja, auch die anderen Klassen und Volontäre kommen mit. Wir haben vom Kibbuz einen Bus mit Fahrer zur Verfügung. Unsere Verpflegung nehmen wir mit. Unterwegs übernachten wir draußen und kochen selber. Die genaue Route teile ich euch noch mit», erklärte er den ausgelassenen Schülern. Einige von ihnen kannten nämlich vom Land kaum mehr als den Weg vom Flughafen nach Revivim.

Beim Mittagessen erzählte Meytal Rivka diese Neuigkeit.

«Oh, ich freue mich! Volontäre, die schon lange hier sind, haben mir von solchen Ausflügen erzählt. Dann haben wir rund um die Uhr Gelegenheit, die Russen besser kennenzulernen. Ich bin sicher, wir werden unseren Mann bald gefunden haben!»

Fröhlich gestimmt wollten sie gerade den Speisesaal verlassen, als ihnen Salim an der Tür begegnete. Er war in blauer Arbeitskleidung, seine Arme und die nackten Beine waren dreckverkrustet von der Feldarbeit. Sogar jetzt sieht er noch blendend aus, stellte Rivka bei sich fest.

«Schalom, Tamir. Gehst du heute reiten?»

Er schien ganz verdutzt, daß sie ihn ohne jeglichen Spott freundlich anredete.

«Du, sorry, aber heute kann ich leider nicht. Ich habe in Be'er Sheva zu tun», entschuldigte er sich.

Rivka war sichtlich enttäuscht. Wortlos wollte sie weitergehen.

Innerlich fluchte Salim. Ausgerechnet heute!

«Wart mal, Rivka!»

Sie blieb zögernd stehen und blickte zurück.

«Vielleicht können wir morgen ausreiten, das heißt, wenn du noch nichts los hast?»

Rivka nickte.

«Beseder. Wieder um vier Uhr?»

«Jofi. Kannst du mir einen Gefallen tun und Su und Cocheese satteln? Ich muß bis um vier arbeiten.»

«Kein Problem. Dann also bis morgen. Lehitraot!»

Im Weitergehen raunte Meytal ihrer Freundin zu: «Himmel, Tamir sieht wirklich zum Fressen aus . . .»

Rivka nickte abwesend. «Er hat eine interessante Abstam-
mung. Seine Mutter ist Jüdin. Der Vater Araber. Aber mir
ist er eindeutig zu arrogant. Ein richtiger Macho!» Sie grinste abschätzig.

Salim war in den Waschraum getreten. Als er sich die
schmutzigen Arme einseifte, kam Amos herein. Er stellte
sich ans Pissoir und schaute sich um. Im Raum war außer
ihnen niemand. Dann trat er neben Salim und wusch sich die
Hände. Im Spiegel blickte er den Palästinenser an.

«Es klappt also heute. Wir treffen uns bei Mentha», sagte
er kurzangebunden mit unterdrückter Stimme. Salim drehte
dem Russen den Rücken zu, während er sich die Hände
trocknete. Er mochte Amos nicht, fand ihn widerlich, ja
schmierig.

«Und kümmere dich endlich um die Blonde! Was zögerst
du eigentlich, daß die nicht schon längst unter dir liegt und
plappert? Wir sind doch gewiß nicht —» Er brach ab. Ein
Kibbuznik war in den Waschraum getreten, er grüßte die beiden.

Salim nützte die Gelegenheit, um sich zu verdrücken. Wü-
tend ließ er die Tür vor Amos' Nase zufallen und stieg, zwei
Schritte auf einmal nehmend, die Treppen zum Cheder ha-
Ochel[1] hinauf.

*

1) hebr. Speisesaal

81

Wenige Stunden später trafen sich Amos und Salim wieder in Be'er Sheva. Schweigend saßen sie im Wartezimmer des Zahnarztes Dr. Mentha einander gegenüber.

Mentha war Franzose. Er öffnete ihnen die Tür selber, ließ sie in sein Sprechzimmer eintreten. Dr. Mentha redete über eine Stunde mit dem Russen und dem Palästinenser. Dann entließ er sie und schloß seine Praxis. Er trat hinaus auf die Straße. Der großgewachsene, elegant gekleidete Arzt blickte sich um, näherte sich einem auffälligen Peugeot-Coupé und stieg ein. Er fuhr zum Postgebäude im anderen Stadtteil. Dort stellte er sich hinter die anderen Wartenden, ungeduldig, bis er an die Reihe kam.

«Guten Tag, Fräulein», lächelte er die junge Frau hinter dem Schalter an. «Bitte schicken Sie diesen Brief sofort ab», bat er und drückte ihr einen Umschlag in die Hand.

«Natürlich, mein Herr.» Sie zwinkerte ihm verschwörerisch zu. Ihr Ivrit[1] war geprägt von einem harten, russischen Akzent. Sie ließ den Umschlag in ihrer Handtasche unter dem Schalter verschwinden.

*

Als Salim nach der Arbeit zu den Ställen kam, war Rivka damit beschäftigt, seinen Wallach zu satteln. Su stand schon fertig gezäumt vor der Koppel. Er setzte sein aufrichtigstes Lächeln auf und grüßte sie scheinbar fröhlich.

Das Treffen mit Mentha hatte ihn verdrossen gestimmt. Er war gerügt worden. Sogar Abdulla in Kairo wußte schon Bescheid. Es war Salim nicht mehr wohl in seiner Haut. Er

---

1) hebr. Hebräisch (Sprache)

mußte Rivka nun so schnell wie möglich zum Sprechen bringen!

Sie saßen auf und verließen das Kibbuzgelände in Richtung Wüste. Diesmal paßte Rivka auf, als sie am Weizenfeld vorbeipreschten, um Su rechtzeitig zu zügeln. Die Stute hatte ihr eine ordentliche Lektion erteilt!

Sie durchritten das steile Wadi und galoppierten auf der anderen Seite nebeneienander her. Die Sonne brannte heiß auf sie nieder. Die Hitze steigerte sich nun von Tag zu Tag und würde im Hochsommer die Wüste in einen glühenden Backofen verwandeln. Nirgends gab es Spuren menschlichen Daseins. Sie hörten nur die Laute der stampfenden Hufe auf dem Sand; die Ruhe wirkte fast gespenstisch. Nach einer halben Stunde deutete Salim auf ein Gebäude, das vor ihnen inmitten herrlich grüner Felder stand. Das satte Grün sah aus wie nachträglich eingefügt in ein Bild aus lauter Brauntönen. Salim stoppte den Wallach nach dem schnellen Ritt. Er wartete, bis Rivka neben ihm angehalten hatte.

«Das ist eine Experimentierfarm. Im Negev gibt es davon einige. Hier züchten sie Getreide, Gemüse und Blumen. Alles wird mit gereinigten Abwässern und sogar noch salzhaltigem Meerwasser bewässert.»

Rivka lehnte sich zu ihm hinüber, lauschte interessiert. Salim roch ihr Parfum; es erinnerte ihn an den Tanz in der Disco.

In der Nähe eines Maisfeldes hielten sie die schwitzenden Tiere an. Sie sprangen ab und banden die Zügel an einen Pfahl. Kein Mensch war weit und breit. Drückende Stille lastete auf der kargen Landschaft. Der Ort war sehr eindrücklich. Grüne Felder lagen wie Einsprengsel in der Weite aus Gebirge, Sand und Geröll.

Salim zog das Hemd aus. An einem Brunnentrog schöpfte

er Wasser und goß es sich über den Nacken. Dabei beobachtete er Rivka.

Sie versuchte ihre Kraft an einem langen, reifen Maiskolben. Energisch riß sie und verlor beinahe das Gleichgewicht, als der Kolben sich plötzlich löste. Salim schaute ihr zu, bewunderte ihre wohlgeformten, braunen Beine und die bronzefarbenen Füße in den Ledersandalen. Ihre Oberschenkel waren straff, die Haut matt schimmernd. Rivka lief leichtfüßig zu den Pferden und gab ihnen den Maiskolben zu fressen. Dann kam sie zurück.

Salim stand noch immer an den Brunnen gelehnt und starrte sie an. Mit seinem Hemd wischte er sich über Gesicht und Nacken. Sein Rücken glänzte feucht in der Sonne. Mit den Schritten eines Raubtieres näherte er sich Rivka. Als er unmittelbar hinter ihr stand, schien ihm, die Luft knistere zwischen ihnen.

Rivka spürte seine Nähe mit jeder Faser ihres Körpers, obwohl Salim sie nicht berührte. Nur sein Gesicht streichelte ihr Haar, als er an ihr vorbeilangte. Seine kräftigen Hände faßten nach der Maisstaude, die Rivka eben ergreifen wollte. Mit einem raschen Ruck drehte er den Kolben in der Hand und löste ihn vom Stamm.

«Seho[1]», flüsterte er dabei heiser in die duftende Fülle ihres Haares. «Das ist alles, Mädchen! Nur den Trick mußt du kennen.»

«Och, Tamir, gib's doch auf!»

Er streckte ihr den Mais entgegen. Als sie danach griff, hielt er ihre Hand fest.

«Keine Belohnung?» fragte er schelmisch. Blitzschnell

---

[1] hebr. das ist alles

hatte er ihre schlanke Taille umfaßt und ihr einen heißen Kuß auf den Mund gedrückt.

«Tamir!» Empört fuhr Rivka zurück, worauf er sie siegessicher anlachte.

Wütend stampfte sie an ihm vorbei, umfaßte wieder eine Maispflanze. Auch diesmal trat er an sie heran. Sein Atem kam stoßweise, und er beherrschte sich nur mühsam. Heftig umarmte er sie von hinten und griff nach dem Kolben in ihrer Hand. Gerade wollte Rivka wieder zornig auffahren, als sich der Mais mit einem krachenden Laut vom Stengel löste. Sie taumelte gegen Salim, der rücklings zu Boden stürzte und sie mit sich riß. Rivka versuchte sich rasch aus seiner Umklammerung zu befreien und wegzurollen. Dabei riß ihre leichte Bluse. Salim konnte sich nicht mehr beherrschen. Rivka spürte seinen Mund an ihrem Hals; seine kräftigen Arme hielten sie noch fester. Sie schwitzte und versuchte ihm den Ellbogen in den Magen zu boxen, krallte ihre Nägel in seinen Rücken. Er lachte nur sehr dicht an ihrem Gesicht, und fast gelassen fuhr er fort, ihren Hals zu küssen. Sein Körper drückte sie zu Boden, seine Hände waren wie Schraubstöcke. Rivka wehrte sich mit aller Kraft, doch Salim war wie von Sinnen. Sie bemühte sich verzweifelt, ihn von sich wegzustoßen, aber er lockerte seinen Griff nicht. Ihre Hände schmerzten. Spitze Steine bohrten sich ihr in die Haut. Alles an ihr vibrierte, und plötzlich verwandelten sich ihre Wut und ihr Widerstand in glühende Leidenschaft.

Ihre Liebe war heftig und ihre Körper forderten einander in rasender Lust. Keuchend und stöhnend wälzten sie sich auf der nackten Erde. Als Salim endlich erschöpft zurücksank, riß ihn Rivka wieder empor. Sie stöhnte, schluchzte und biß in seine Haut, bis sie schließlich zitternd auf seiner Brust zusammensank.

85

Salim barg ihren Kopf in seinen Armen. Er fühlte sich zerschlagen. Alles an ihm brannte und schmerzte. Auf seiner zerschundenen Haut spürte er Rivkas heiße Tränen. Er schloß die Augen.

Was hatten sie getan? Wie konnte er so weit die Kontrolle über sich verlieren und über sie herfallen wie ein wildes Tier?

Sanft strich er ihr eine Strähne des verschwitzten Haares aus der Stirn und wischte ihr die Tränen aus dem Gesicht. Ihm war es, als ob er sie halten, endlos streicheln und liebkosen müßte. Doch seine Hand war aus Blei. Diese Frau ist deine Feindin! durchfuhr es ihn. Er hatte sie auszuhorchen, auszuquetschen wie eine Zitrone. Nötigenfalls, so lautete sein Auftrag, sollte er sie auch zum Schweigen bringen. Anfangs hatte er Rivka gehaßt. Ihr Lachen hatte ihn gequält, ihre faszinierende Persönlichkeit und ihre Stärke hatten ihn bis aufs Blut gereizt.

Rivkas Schluchzen verebbte. Sie drehte sich von Salim weg. Auf ihrer Haut zeigten sich deutlich die Spuren seiner Raserei. Ihr ganzer Körper war mit Schweiß und Sand verschmiert. Sie nahm die zerfetzte Bluse, fühlte sich plötzlich wie Chava[1] nach dem Biß in den Apfel: nackt.

Ohne sie anzublicken, reichte Salim ihr sein Jeanshemd. Dankbar griff sie danach und zog es sich über. Es war ihr viel zu weit und reichte ihr fast bis zu den Knien. Alles war ein Alptraum. Sie mußte endlich aufwachen! Das war doch nicht sie gewesen, die mit tierischer Lust diesen Mann geliebt hatte!

Salim stand vor ihr, nur mit den kurzen Hosen bekleidet. Sein bloßer Oberkörper sah aus, als hätte er mit einer Wild-

---

1) hebr. Eva

katze im selben Sack gesteckt. Im Augenblick war ihnen beiden aber nicht nach Lachen zumute, sonst hätte die Situation sie wohl eher belustigt.

«Wirst du nicht frieren?» erkundigte sich Rivka verlegen.

Er überhörte die Frage und wagte einen Blick in ihre Augen. Behutsam schloß er sie in die Arme, um sie an sich gepreßt einige Augenblicke festzuhalten. Abrupt ließ er sie dann los.

Rivka schwankte und wäre fast eingeknickt. Schließlich lächelte sie verzerrt: «Wir müssen uns vorsehen, daß uns niemand so sieht.»

«Du hast recht, das könnte uns in eine peinliche Lage bringen.»

Sie schien ihm nicht böse zu sein, stellte er erleichtert fest.

«Rivka . . . ich wollte das wirlich nicht. Es tut mir leid, ich wünschte, ich könnte es ungeschehen machen.»

«Vergiß es, Tamir. Ich hab's ja auch gewollt. Vielleicht nicht auf solche Weise, doch . . . Es ist nun mal geschehen.»

Sie blickte auf seine Gestalt, die im Dämmerlicht nur noch undeutlich zu sehen war. Ihre Beine zitterten, aber sie zwang sich, aufrecht hinüber zu den Pferden zu gehen.

Er half ihr beim Aufsteigen und reichte ihr die Zügel.

«Kannst du reiten?»

«Ich bin okay. Bleib nur ja in der Nähe, hörst du!»

*

Das warme Wasser rann Salim über die schmerzende, zerkratzte Haut. Er entsann sich seiner Aufgabe und verdrängte aufsteigende zärtliche Gedanken an Rivka. Irgendwie mußte er ihr Vertrauen gewinnen und sie dazu bringen, ihm alles zu sagen. Aber er machte sich nichts vor: Rivka würde ihm nie freiwillig etwas erzählen. Dazu waren sie einander viel zu ähnlich. In seinem Kopf spulte die Zeit zurück wie ein Film. Er sah sich selber nochmals als Halbwüchsigen. Schon damals war er aufgefallen durch mutige Entschlossenheit, Kampfgeist und Haß, den er schürte und verbreitete. Haß gegen die Besatzer auf seinem Boden, gegen die unterdrückerischen Zionisten. Kindheit war für ihn ein Fremdwort; er wuchs auf in den Straßen des Flüchtlingslagers Khalkilya, wohin seine Eltern nach der Zerstörung ihres Hauses gezogen waren.

Wie sehr hatte er seinen älteren Bruder Chassan bewundert! Und wie stolz war seine ganze Familie auf den Ältesten gewesen, als bekannt wurde, Chassan sei während einer Straßenschlacht gegen die Israelis festgenommen worden. Einige Wochen später tauchte er wieder auf und wurde als Held gefeiert. Doch kurz darauf war er tot. Salim hatte ihn die Minuten vor seinem Tod noch gesehen. Chassan und einige mutige Kameraden hatten mitten auf der Straße eine Barrikade gegen die israelischen Patrouillen errichtet. Im Hinterhalt warteten sie mit Steinen, Eisenstangen, Äxten und Molotowcocktails auf die verhaßten khakifarbenen Feinde. Der Militärjeep tauchte an der Straßenecke auf. Er wurde von einem Steinhagel empfangen. Versteckt hinter einer Hauswand, hatte Salim die Szene beobachtet.

Auch heute noch sah er alles deutlich vor sich. Sein Bruder war der erste gewesen, der die Soldaten angriff. Der Stein in seiner Hand war groß und schwer, und Chassan schleuderte ihn mit aller Kraft. Sein Gesicht war vor Wut verzerrt. Er traf einen Israeli an der Schulter. Die Palästinenser brüllten jubelnd auf. Der Soldat war bestimmt nicht älter als Salims Bruder, kaum zwanzig. Aber er hielt ein Gewehr in der Hand, und sein Gesicht wurde von einem Helm geschützt. Als der Stein ihn mit voller Wucht traf, taumelte er zurück, verlor den Boden unter den Füßen und stürzte auf die Straße.

Schon waren die anderen Soldaten hinter ihrem Fahrzeug in Deckung, doch als ihr Kamerad stürzte, rannten sie ihm zu Hilfe und zogen ihn hinter den Jeep. Sie waren zu fünft. Einer von ihnen war beim Wagen geblieben. Als Chassan auf der anderen Straßenseite erneut auftauchte, sah Salim, wie der Israeli sein kurzes Uzi-Gewehr hob und auf seinen Bruder zielte. Eine eiskalte Hand krallte sich um Salims Herz, als er die Situation erfaßte. Chassan schien den Israeli nicht zu bemerken und konzentrierte sich auf die Gruppe um den verletzten Soldaten. In seiner Hand war deutlich die Brandflasche zu sehen.

Die Kugel traf Chassan seitlich in die Brust. Er wurde mitten im Lauf wie von einer Riesenfaust gestoppt, die Wucht riß ihm den Oberkörper zurück. Sein Gesicht war starr vor Unglauben, als er sich halb umwandte zu dem Soldaten, der auf ihn geschossen hatte. Blut färbte sein Hemd, dann sank Chassan kraftlos in sich zusammen.

Salim schrie auf und wollte losstürzen, hin zu seinem Bruder, der reglos und wie tot auf der Straße lag. Aber die anderen um ihn herum hatten ihn festgehalten.

Plötzlich war der Platz wie leergefegt. Die Palästinenser waren verschwunden. Zurück blieben nur die vier Israelis, die sich um ihren Verletzten kümmerten und um Chassan herumstanden. Einer war niedergekniet und hatte den am Boden Liegenden umgedreht, wurde dann aber von seinen Freunden weggezogen. Was weiter geschehen war, konnte sich Salim heute nur unklar in Erinnerung rufen. Er wußte noch, daß tags darauf ein Jeep der israelischen Armee vor ihrer Wellblechhütte vorgefahren war. Dem Vater wurden ein

Umschlag und ein kleines Paket überreicht. Alle hatten gewußt, daß Chassan tot war.

In dieser Stunde hatte sich Salim geschworen, den Märtyrertod seines geliebten Bruders zu rächen. Zwei Jahre später war er einer Jugendgruppe beigetreten. Sie wurden von einem älteren Palästinenser mit verschiedenen Kampfmethoden vertraut gemacht und übten sich in der Kunst des Steineschleuderns. Manchmal hängten sie nachts heimlich Flugblätter in den Straßen des Lagers auf oder leisteten Kurierdienst.

Mit zweiundzwanzig Jahren war Salim bereits zweimal in israelischen Gefängnissen gewesen. Er hatte Glück gehabt, war nie geschlagen und beide Male nach wenigen Tagen wieder freigelassen worden. Nach dem zweiten Mal, als er sich wieder mit seinen Freunden getroffen hatte, war ein neuer Mann unter ihnen gewesen. Salim hatte sofort erkannt, daß der ein wichtiger Kämpfer sein mußte.

Muhammar hatte ihnen Geld und gute Ratschläge mitgebracht, hatte Salim aus dem Lager geholt und mit gefälschtem Paß über die Grenze nach Kairo gebracht.

Dort war er zum ersten Mal Abdulla begegnet. Der hatte ihn gefragt, ob er im Kampf gegen die Zionisten eine wichtige Funktion übernehmen wolle. Natürlich hatte Salim zugestimmt. Endlich war sein Traum Wirklichkeit geworden. Er wurde in einem Trainingslager ausgebildet. Die Monate in der libyschen Wüste, im nördlichen Kalanschiu, waren hart gewesen. Doch er war stolz, es geschafft und die Strapazen in dieser verdammten Hitzehölle ausgehalten zu haben. Er lernte den Umgang mit Handfeuerwaffen, trainierte Taktiken im Nahkampf, er bewährte sich in Überlebensübungen.

Als er dann vor zehn Monaten wieder vor Abdulla in dessen Kairoer Büro gestanden war, hatte er sich seinen Auftrag

90

erklären lassen. Getrieben von einem Gefühl unbändigen Stolzes, half Salim beim Aufbau einer Terroristengruppe im Norden Irlands mit. Während dieser vier Monate lernte er wichtige Leute der PLO kennen, knüpfte Kontakte und war trotz seiner Jugend bereits an einigen Anschlägen in Europa beteiligt.

Ja, dachte Salim, damals war ich wichtig, und ein Freund von Abu Djhad bezeichnete mich einmal als besonders mutig und kampflustig. In seinem Mund verbreitete sich ein schaler Geschmack.

Von einem Tag auf den anderen hatte sich alles geändert. Er war von Abdulla nach Israel beordert worden, um die Ermordung eines arabischen Bürgermeisters vorzubereiten, der als „Kollaborateur"[1] galt. Alles, aber auch wirklich alles war damals schiefgegangen!

Vom Libanon aus hatten sie versucht, nachts im Schlauchboot in der Nähe von Rosch haNikrah an Land zu kommen. Plötzlich wurden sie von einer israelischen Marinepatrouille entdeckt und beschossen.

Mit Grauen erinnerte er sich daran, wie er nur knapp mit dem Leben davongekommen war. Die Israelis hatten zwei seiner Kameraden erschossen. Ihm selbst gelang es wie durch ein Wunder, die Küste zu erreichen und zu entkommen.

Dann passierte das zweite Mißgeschick. Seine selbstgebastelte Bombe ging nicht los, und der Verräter kam mit dem Leben davon. Abdulla tobte vor Wut, machte ihn verantwortlich für den Tod der beiden Fedajin[2]. Dabei hatte Sa-

---

1) Der größte Teil der Opfer der Intifada gehen zu Lasten palästinensischer Rächerkommandos, die ihre Landsleute unter dem Vorwand, sie arbeiteten mit den Israelis zusammen, gnadenlos hinrichten.

2) palästinensische Anhänger einer Terroristengruppe

lim vorsichtshalber den illegalen Weg gewählt und sich nicht getraut, mit dem gefälschten Paß eine EL-AL-Maschinezu benutzen. Zwei Tage zuvor waren nämlich ein Palästinenser und seine Gefährtin auf dem Flughafen festgenommen worden, als sie in Frankfurt versuchten, eine EL-AL-Maschine zu besteigen. Er hatte befürchtet, daß ihm dasselbe widerfahren könnte. Sein schlechtgefälschter Paß hätte die israelischen Sicherheitsbehörden nicht getäuscht. Zur Strafe schickte man ihn in die „Verbannung", nach Revivim. Salim empfand es als beschämend, seine Zeit mit einem derartigen Anfängerauftrag zu vergeuden. Dazu kam noch, daß er eine Zeitlang mit Juden leben mußte. Er wollte helfen, sie ins Meer zu treiben — und nun half er ihnen, Tonnen von Früchten von den Plantagen in den Kibbuz zu transportieren! Schon bald aber ahnte er, daß dieser „Anfängerauftrag" zu seiner schwierigsten Aufgabe werden könnte.

In Revivim hatten ihn alle mit offenen Armen empfangen. Keiner brachte ihm Mißtrauen entgegen, und insgeheim lachte er über solchen Leichtsinn. Seine Verachtung wich jedoch ungläubigem Staunen, als er entdeckte, daß diese Leute wenig gemein hatten mit seiner Vorstellung von Israelis. Salim gab in Revivim an, sein Vater sei Araber. Niemand schien daran Anstoß zu nehmen; man behandelte ihn völlig normal. Er konnte sich überall frei bewegen und ungehindert seinem Auftrag nachgehen.

Revivim war auch gar nicht so übel. Zuweilen fand er sogar Gefallen an dieser unkomplizierten Lebensart im Kibbuz. Dann schalt er sich selber einen Idioten. Er war doch nicht hier, um in dieser unwirklich friedlichen Oase das Leben zu genießen! Rivka mußte ihm Informationen liefern, er mußte herausbekommen, was die israelischen Geheimdienstleute von der „roten Infiltration" wußten. Die PLO hatte in

Erfahrung gebracht, daß die Gegenseite offenbar über die Pläne des KGB informiert war, gleichzeitig aber keine Ahnung hatte, daß auch die PLO ihre Hand im Spiel hatte. Und Rivka gehörte der Gegenseite an. Abdulla hatte Salim erzählt, daß sie eine Informationsträgerin war und daß es galt, ihr diese Informationen zu entlocken. Nötigenfalls mit Gewalt. Wie sie ihr wohl auf die Schliche gekommen waren? Und jetzt hatte er sich von dieser Frau vollkommen um den Finger wickeln lassen. Wie sollte er nur aus diesem Schlamassel herauskommen?

*

Für Rivka bedeuteten die nächsten Tage den reinsten Spießrutenlauf. Man hatte sie und Tamir in letzter Zeit häufig zusammen gesehen. Neuigkeiten verbreiteten sich im Kibbuz in Windeseile.

«Rivka, du hast dir wirklich den tollsten Burschen in der Gegend geangelt», hänselte sie eine amerikanische Volontärin. Ein Kibbuznik wollte wissen, Tamir könne vor lauter Verliebtheit kaum noch den Traktor steuern. Auch Meytal zeigte sich überrascht.

«Du, Rivka, war das etwa Tamir, der heute morgen aus deinem Zimmer kam?»

«Hm, du warst aber schon früh aus den Federn», wich Rivka aus. Sie murmelte verlegen: «Muß zu Gaby, habe keine Briefmarken mehr» und verdrückte sich.

Im Volontärbüro lungerten einige Ulpanisten herum, die alle etwas von Gaby wollten. Sie selbst jedoch war nicht da. Marie-Louise saß auf ihrem Platz, hatte ihre Haare mit einem roten Band zusammengebunden und schaute Rivka mit einem Schlafzimmerblick gelangweilt entgegen. Während sie

Briefmarken und Schreibpapier aus der Schublade hervorsuchte, sagte Rivka freundlich: «Wie ich sehe, hast du einen neuen Job, Marie-Louise?»

«Ich bin nur für einige Tage hier und vertrete Gaby», versetzte die Französin patzig.

Hat auch sie von meinem Verhältnis mit Tamir gehört und benimmt sie sich deshalb so abweisend?

Bevor Marie-Louise die Schublade schloß, erhaschte Rivka einen Blick auf den großen Schlüsselbund. Ihre Gedanken überstürzten sich. Natürlich, Gaby als Betreuerin der Volontäre mußte im Besitz der Schlüssel zu den Ulpanzimmern sein!

Vielleicht klappte es mit einer List und sie bekäme wenigstens in diesem Punkt Klarheit.

«Marie-Louise, kannst du mir einen Gefallen tun und mir rasch mal den Zimmerschlüssel von Meytal geben, Nummer elf», bat sie scheinheilig. «Meytal ist in der Klasse, und ich habe meinen Badeanzug in ihrem Zimmer. Ich will ins Schwimmbad und kann sie jetzt nicht aus dem Schulzimmer holen. Du hast doch die Schlüssel, nicht wahr?»

«Kommt gar nicht in Frage, die Schlüssel darf ich nicht herausgeben, das hat Gaby mir ausdrücklich verboten. Du mußt schon bis zur Pause warten!»

«Schade.» Rivka setzte eine zerknirschte Miene auf, obwohl sie eigentlich recht zufrieden war.

An der Tür stieß sie mit Mikail und Amos zusammen.

«Schalom ihr beiden, wie geht's?» Sie wandte sich an Amos. «Hast du immer noch Zahnschmerzen?» Meytal hatte ihr erzählt, daß der Russe sie halb verrückt gemacht habe mit seinem Gejammer.

«Nein, die Schmerzen sind weg. Ich war am Donnerstag in Be'er Sheva beim Zahnarzt.»

«Jofi. Vielleicht sehe ich euch später noch», sagte Rivka abwesend. Ihre Gedanken waren wieder bei den Zimmerschlüsseln, die sie in Gabys Büro entdeckt hatte.

*

Salim und Rivka saßen draußen vor seinem Zimmer im Gras. Der Rauch seiner Zigarette hing zwischen ihnen wie ein Schleier. Die Nacht war erfüllt vom Zirpen der Grillen.

«Bist du dir nie reuig gewesen, daß du nach Israel gekommen bist?» fragte er.

«Überhaupt nicht. Ich kann mir gar nicht vorstellen, daß ich hier je wieder weggehen könnte. Von Anfang an war ich begeistert und bin immer noch fasziniert von diesem Land», gestand Rivka.

«Hast du keine Angst vor Krieg oder davor, daß es Israel einmal nicht mehr geben könnte?»

«Nein. Ich vertraue voll und ganz unserer ,Zahal'[1]. Sie ist ja eine der am besten ausgerüsteten Armeen der Welt. Daß sie uns verteidigen kann, bezweifle ich keinen Augenblick. Zudem glaube ich, daß man heutzutage eher miteinander verhandelt, als daß man vorschnell zu den Waffen greift.»

Ihrer Meinung nach, sagte sie, überlege es sich auch der aggressivste Angreifer zweimal, ob er es riskieren wolle, ein anderes Land in einen Krieg zu verwickeln. Besonders mit den heutigen Bedrohungen durch A-, B-, und C-Waffen. Sie wies auf das Beispiel mit Ägypten hin. Nach Camp David und der Rückgabe der Sinai-Halbinsel habe Israel erreicht,

---

1) israelische Armee

daß Frieden wenigstens zwischen diesen beiden Ländern herrsche.

«Auf solche Weise werden wir sicher einmal Frieden mit all unseren Nachbarstaaten haben», sagte Rivka fest überzeugt.

Salim warf seinen Zigarettenstummel in einem hohen Bogen in den Bougainvillea-Strauch hinter ihnen.

«Und was ist mit den Palästinensern?»

«Du weißt ebensogut wie ich, daß es nicht einfach ist, eine Lösung zu finden, die alle Beteiligten befriedigt», erwiderte sie.

Die Gebiete habe Israel ja nur besetzt, weil die arabischen Armeen sie immer und immer wieder angegriffen hätten. Die Rückgabe der Gebiete sei mehrmals angeboten worden, doch die Araber hätten sie nicht gegen Friedensverträge eintauschen wollen. Aber das wisse er so gut wie sie, sagte Rivka.

«Und die Palästinenser gedulden sich weiter —» entfuhr es Salim.

Rivka schaute erstaunt in sein erregtes Gesicht. Ruhig argumentierte sie weiter, daß seit Beginn der Intifada sich die Fronten auf beiden Seiten verhärtet hätten. Sie zitierte den Scheich Al-Tamimi, eine Persönlichkeit aus der islamisch-fundamentalistischen Bewegung in den Gebieten: «In Israel sind alle Zivilisten Soldaten. Die Mehrheit von ihnen wurde außerhalb der Region geboren. Sie wußten, daß sie in Palästina von uns geschlachtet werden würden.» — «Tamir, solange die Palästinenser nur solche Führer finden, sehe ich keine akzeptablen Verhandlungspartner!»

«Al-Tamimi ist ein Fanatiker. Nicht alle denken so darüber.»

«Warum haben denn die Palästinenser keine Friedensbewegung? Der ‚Schalom-Achschav'[1] gehören vierzigtausend Mitglieder an!»

«Ich glaube, Schamir will gar keine Verhandlungen. Auch er ist stur und spricht von einem Groß-Israel», wich Salim Rivkas Frage aus.

«Mit wem soll denn Schamir verhandeln? Palästinenser, die mit uns zusammenarbeiten, werden auf Befehl der PLO umgebracht. Überall wo die PLO auftaucht, gibt es plötzlich Probleme. In Jordanien wollten sie den König stürzen, und im Libanon sind sie sogar für die nationale Auflösung des Staates verantwortlich.»

Salims Blick wurde undurchdringlich. In seinem Innern kochte es. Bei manchen Worten mußte er sich zusammenreißen, um Rivka nicht an die Kehle zu springen.

«Du denkst schon wie eine richtige Israelin», preßte er hervor und schaute weg, um sich nicht zu verraten.

«Und wie denkst denn du darüber?» fragte Rivka in die beklemmende Stille hinein.

Salim suchte nach Worten. «Ich meine, daß man ihnen das Land geben soll», meinte er eine Spur zu trotzig. «Der größte Teil des Gebietes, das Israel umfaßt, war ohnehin früher arabisches Eigentum. Gib doch zu, daß wir hier ein Fremdkörper sind!»

«Bist du wahnsinnig? Das ist kaum zu glauben . . .» rief sie und verdrehte die Augen. «Woher hast du denn diesen Quatsch von wegen arabischem Eigentum? Rund ein Fünftel des Bodens gehörte Großgrundbesitzern, die in Damaskus oder Amman lebten. Der größte Teil war britisches Mandats-

---

1) hebr. „Frieden-Jetzt". Größte isr. Friedensbewegung, setzt sich für die Rückgabe der Gebiete im Austausch für Frieden in der Region ein

gebiet, das laut UNO-Beschluß an uns überging. Wie kannst du sagen, es sei nicht unser rechtmäßiges Eigentum!»

Salim richtete sich auf. «Komm, wechseln wir das Thema», sagte er leichthin. «Sonst geraten wir uns am Ende noch in die Haare.» Er beugte sich zu Rivka hinunter, die auf der Seite lag, den Kopf in die Hand gestützt. Sie blickte ihn offen an und versuchte, in seinem Gesicht zu lesen.

«Ja, du hast recht, Tamir, lassen wir doch das Streiten.» Versöhnlich strich sie durch seine Zapfenlocken. Salim ließ sich neben sie fallen und schloß die Augen. Auf was zum Teufel hatte er sich da nur eingelassen?

Rivka bedeckte sein Gesicht mit zärtlichen Küssen, und er umarmte sie heftig.

«Komm, laß uns in mein Zimmer gehen, sonst vergesse ich mich hier an Ort und Stelle», flüsterte er ihr erregt ins Ohr.

*

«Stell dir vor, ich war gestern abend bei Vladimir. Wir haben uns unterhalten und Kaffee getrunken. Dabei habe ich entdeckt, daß er in seinem Zimmer ein professionelles Funkgerät hat. Als ich aus Versehen dagegenstieß, fuhr er mich richtig unfreundlich an, ich solle aufpassen, es könne kaputtgehen und so», erzählte Meytal ihrer Freundin, als sie über den schattigen Seitenweg zum Speisesaal schlenderten.

«Ich habe ihn ganz naiv gefragt, ob denn das nicht verboten sei. Da hat er geantwortet: Schon, aber er habe eben im Moment zu wenig Geld für eine Lizenz.»

«Das ist allerdings interessant», murmelte Rivka. Dann fragte sie: «Wann siehst du eigentlich Dov wieder?»

«Übermorgen. Wir werden zusammen zu meinen Eltern fahren und das Wochenende dort verbringen.»

98

«Mögen deine Eltern Dov?»

«Ach, sie kennen ihn noch gar nicht. Es wird das erste Mal sein, daß sie ihn sehen. Deshalb bin ich auch ein wenig aufgeregt», gestand Meytal.

«Du mußt Dov unbedingt von deiner Entdeckung berichten. Ich bin gespannt, was er dazu meint.»

«Das werde ich ganz bestimmt tun. Ich habe mir gedacht, daß ich versuchen könnte, Vladimir zu überreden, mich dabeisein zu lassen, wenn er funkt.»

«Das ist eine prima Idee, Meytal. Übrigens fahre ich auch weg übers Wochenende.» Sie waren unterdessen im Speisesaal angekommen und reihten sich in die Schlange der Wartenden vor dem kalten Buffet ein. «Avner hat mich eingeladen, und ich will wieder einmal Tel Aviver Luft schnuppern. Ich könnte doch mit euch bis Tel Aviv mitfahren», schlug sie vor. «Ihr fahrt doch bestimmt dort vorbei, wenn ihr in den Norden wollt.»

«Sicher, klar kannst du das.»

*

In seiner Kairoer Luxuswohnung knallte Adbulla verärgert den Telefonhörer auf die Gabel. Er drehte sich nach dem Boten um, der ihm vor wenigen Minuten Salims Brief übergeben hatte. Wortlos starrte er auf die Schreibtischunterlage und überlegte. Schließlich sah er ein, daß ihm keine andere Wahl blieb, als dem zuzustimmen, was Salim ihm vorschlug. Salim war zum jetzigen Zeitpunkt nicht mehr durch einen anderen Mann zu ersetzen, jetzt mußte er einfach ausharren.

«Okay, Achmed. Fahr zurück und richte Salim aus, er habe noch einen Monat Zeit. Keine Minute mehr, daß er das auch wirklich kapiert, hast du verstanden? Mach dich gleich auf den Weg. Seine Zeit läuft bereits!» Ostentativ drehte er die Sanduhr auf seinem Mahagoni-Schreibtisch. Heller Sand rieselte fadendünn durch eine winzige Öffnung im Glas, und im unteren Teil der Uhr bildete sich ein kleines Häufchen, das höher und höher wuchs.

Achmed stöhnte heimlich in sich hinein, als er in Abdullas funkelnde schwarze Augen schaute, die keinen Widerspruch duldeten. Er fühlte sich hundemüde. Die Nacht war er ohne Pause durchgefahren, um dem Chef die Nachricht zu überbringen. Nun sollte er den ganzen Weg durch den Sinai wieder zurückfahren! Aber er hütete sich, Abdulla seine Gedanken zu verraten. Bei Allah, dieser Salim war aber auch ein Idiot! In letzter Zeit schien er alles und jedes zu verpfuschen. Dabei war der Job, den er jetzt auszuführen hatte, wirklich ein Kinderspiel!

Achmed murmelte einen Gruß und drehte sich zur Tür. Hinter sich hörte er Abdulla nochmals zum Telefonhörer greifen.

*

Die Tage in der Negevwüste wurden im Juli heiß und heißer. Der trockene Wüstenwind sog die letzte Feuchtigkeit aus dem Boden und ließ jegliche Vegetation verdorren. Die Erde schien vor Trockenheit zu ächzen und riß an ihrer spröden Oberfläche auf.

In den Klassenzimmern schlugen sich die Ulpanisten mit hebräischen Vokabeln und Grammatik herum. Zum Glück brauchten sie sich nicht mehr lange mit Schule und Arbeit abzuplagen. Übermorgen würden sie gemeinsam verreisen!

Auch Meytal war gespannt auf diese willkommene Abwechslung. Ihre Gedanken wanderten zurück zum gestrigen

Abend. Vladimir hatte ihr sein Funkgerät erklärt. Während ihrer Anwesenheit drehte er an den Skalen herum und fand schließlich Kontakt zu einem Franzosen, mit dem er einige Sätze in stotterndem, unsicherem Französisch redete. Später plauderte er angeregt mit einer Irländerin, und schließlich stellte er eine Verbindung mit Marokko her.

Es war wirklich interessant, mit Menschen aus den verschiedensten Ländern in Kontakt zu treten. Gleichzeitig war sich Meytal bewußt, daß Vladimir ohne weiteres auch Verbindung zu israelfeindlichen Funkern aufnehmen konnte. Etwas ließ sie aufhorchen. Als der Russe das Gerät wieder versorgte, diesmal im Schrank, erwähnte er, er hege den Verdacht, jemand benütze sein Funkgerät ohne sein Wissen.

«Hast du erzählt jemand, daß ich habe so ein Ding?» hatte er sie gefragt. Seine klaren, hellen Augen hatten sie dabei durchdringend und kühl gemustert. Meytal hatte ihm versichert, sie habe niemandem ein Sterbenswort davon erzählt.

«Ich nur wissen, daß außer dir und Amos niemand weiß von Apparat. Amos kommt nicht in Frage, er nicht interessiert das geringste. Aber du mir scheinst bissel neugierig...»

Vladimirs Stimme hatte vorwurfsvoll geklungen. Eine Hitzewelle hatte sich in ihrem Nacken ausgebreitet, und sie fühlte sich wieder erröten. Das fehlte noch, daß Vladimir sie verdächtigte! Dann wurde Meytal aus ihren Gedanken gerissen. Alon entließ die Klasse für heute.

*

Am nächsten Morgen trafen sich Meytal, Rivka, Salim, Natascha und Boris zum Kaffee im Speisesaal. Anschließend beeilten sie sich, um den ersten Bus nach Be'er Sheva nicht zu verpassen. Es war donnerstags immer ein echtes Erlebnis, mit dem Autobus in die Stadt zu fahren!

Vladimir, Amos und zwei Däninnen saßen bereits im wartenden Fahrzeug, als die Gruppe einstieg. Während der Fahrt hielt der Autobus ständig, um weitere Fahrgäste aufzunehmen. Zahlreiche Beduinen waren schon eingestiegen. Einer brachte gar einen lebendigen Ziegenbock mit, ein struppiges Tier, das verängstigt meckerte. Eine verschleierte Frau hatte einen Korb mit gackernden Hühnern neben sich. Allmählich verbreitete sich im Innern des Wagens ein strenger Geruch und es wurde immer stickiger.

Die jungen Leute aus Revivim wunderten sich, wenn am Straßenrand wieder ein Beduine im langen, dunklen Gewand wartete und zustieg. Woher sie wohl so plötzlich, wie aus dem Nichts, auftauchten, diese stolzen Gestalten mit ihren windgegerbten Gesichtern?

Auch Nomadenfrauen in festlichen Röcken fuhren in die Stadt. Unter ihnen waren etliche mit feinen Ringen durch die Nasenflügel. Kunstvolle Tätowierungen verzierten ihre Haut an Händen und Gesicht. Sie redeten laut gestikulierend aufeinander ein.

Im Gang stapelten sich Leinensäcke, Körbe mit Gemüse und Eiern, die Ziege bockte aufgebracht. Als der Bus endlich gegenüber dem Marktplatz hielt, drängten alle erleichtert an die frische Luft. Die meisten überquerten die Straße und befanden sich schon mitten im kunterbunten Treiben. Aus Lastwagen luden Beduinen Schafe, Ziegen, Esel und sogar Kamele. Die staubgeschwängerte Luft war erfüllt vom Blöken, Krähen, Stampfen und Brüllen der Tiere. Dazwischen hupten Autofahrer, und Marktschreier versuchten mit sich überschlagenden Stimmen den ganzen Krach zu übertönen. Es roch nach Tieren, Urin, menschlichem Schweiß und

Abgasen. Einige Schritte weiter schwebte der köstliche Duft von Minze, von gemahlenem Kaffee und von orientalischen Gewürzen in der Luft. Die Marktstände waren überladen mit glänzenden Messinggegenständen, silberbeschlagenem Beduinenschmuck, Tüchern und Töpfen in vielfältigsten Formen und Glanz. Daneben wurden farbige Stoffballen, Haushaltsartikel, billige Kleider, Süßigkeiten oder pikante Spezialitäten, aber auch Kunsthandwerk aus Olivenholz oder Glaswaren aus Hebron angeboten.

Die Volontäre drängten sich durch das Gewimmel, bestaunten dieses orientalische Treiben, kosteten da und dort eine ihnen unbekannte Leckerei. An einer Ecke schlürften Rivka und Meytal bei einem Beduinen ein Gläschen gesüßten Minzentee.

«Ich habe gleich eine Verabredung mit Dov. Treffen wir uns später an der Bushaltestelle?»

«Beseder. Grüß ihn von mir und sag ihm, er solle sich doch wieder einmal im Kibbuz sehen lassen. Ich habe ihn bestimmt vierzehn Tage nicht mehr gesehen!»

Rivka winkte Meytal nach, die gutgelaunt davoneilte. Sie spürte, daß Salim von hinten an sie herangetreten war und jetzt ihren Nacken küßte. Lächelnd drehte sie sich um und hakte sich bei ihm ein.

*

Meytal eilte durch die engen Straßen in Richtung Gemüsemarkt auf der anderen Seite des Platzes. Dort, ganz in der Nähe, entdeckte sie Dov, der in einem Straßencafé auf sie wartete.

«Hast du Rivka nicht mitgebracht?» fragte er sie nach einer herzlichen Begrüßung.

«Nein, sie blieb bei Tamir. Wir werden uns später an der Bushaltestelle wieder treffen», sagte Meytal und richtete Rivkas Grüße aus.

«Tamir, ist das der Junge, der sie vor der Fahrt nach Tel Aviv bei meinem Wagen angesprochen hat?»

«Genau. Sie ist seither ständig mit ihm zusammen. Ich glaube, Rivka ist verliebt.»

«Irgendwo hab ich diesen Tamir schon mal gesehen», sagte Dov nachdenklich. «Hoffentlich vergißt sie in ihrer Verliebtheit nicht, daß sie einen Auftrag zu erfüllen hat.» Er wechselte das Thema. «Morgen geht ihr auf die Reise, nachon?»

«Ja. Ich freue mich schon lange. Nur schade, daß du nicht mitkommen kannst.»

«Eines Tages wirst du mir vielleicht zeigen, wo ihr wart, und spielst meine private Reiseleiterin», neckte er sie.

«Och du, du kennst doch das Land bestimmt in- und auswendig», lachte Meytal.

Dann erzählte sie Dov von ihrem Erlebnis bei Vladimir. Dov schwieg eine Weile. «Behalte Vladimir weiterhin im Auge», riet er dann. «Aber konzentriere dich nicht nur auf ihn. Jallah, ich muß leider zurück zur Arbeit! Die Busstation liegt dem Marktplatz genau gegenüber. Du findest sie problemlos. Also Schatz, ich seh dich dann nach eurem Tiul[1] wieder in Revivim.»

Nachdenklich schlenderte Meytal zur Busstation, um die anderen zu treffen.

Dov aber kehrte noch nicht zur Arbeit zurück, sondern folgte seiner Freundin heimlich. Er sah sie im Menschengedränge am Busbahnhof verschwinden. Er drehte sich um,

---

1) hebr. Ausflug

ging einige Schritte zurück und betrat einen Musikladen. Er wußte, daß man durch das Schaufenster auf der anderen Seite zur Busstation hinübersehen konnte. Als würde er sich für die Schallplatten interessieren, stellte er sich an ein Regal und blätterte die Covers durch. Dabei schaute er durch die Fensterscheibe auf die Schar Volontäre aus Revivim.

Die jungen braungebrannten, meist hellhaarigen Leute konnte er leicht von den Einheimischen unterscheiden. Rivka fiel in der Gruppe sofort auf. Ihr blondes Haar leuchtete in der Mittagssonne. Aber Dovs ganze Aufmerksamkeit galt dem Mann an ihrer Seite. Dieser legte gerade vertraulich seinen Arm um Rivkas Schultern und sagte ihr etwas ins Ohr. Das Oberfenster stand offen, und Dov konnte sogar ihr Lachen hören. Der Bursche hatte eine verblüffende Ähnlichkeit mit einem Araber! Hatte Meytal nicht erwähnt, daß sein Vater Muslim war? Aber so helle Haare waren nicht üblich bei Arabern. Möglich, daß er sie gefärbt hatte. Dov befiel ein schleichendes Mißtrauen.

Er blickte an den beiden vorbei zu Meytal. Der große Blonde an ihrer Seite mußte Vladimir sein. Auch dessen Gesichtszüge prägte sich Dov ein. Dann verließ er den Laden und fuhr zurück zu seiner Arbeit.

*

Nach dem Abendessen halfen Rivka, Meytal und einige Volontäre, den Reisebus zu beladen. Das Gefährt hatte viele kleine Fenster auf den Seiten, hinten war es offen. Auf das Dach luden sie die Verpflegung, Küchenutensilien und Schlafsäcke. Alle waren fröhlicher Stimmung; am liebsten wären sie gleich heute nacht noch losgefahren.

Als es nichts mehr zu tun gab, machte sich Rivka auf den

Weg zur Bibliothek. Sie wollte sich noch mit Lesestoff eindecken, bevor die Reise losging. In dem mit Büchern und Zeitschriften vollgestopften Raum war sie allein mit dem älteren Mann, der da seine Arbeit verrichtete.

Während sie sich ein geeignetes Buch suchte, fiel ihr Blick auf den Gang, der zum Vorführraum führte: Amos stand dort. Zwischen den Regalen hindurch konnte er sie jedoch nicht sehen, und Rivka war froh, ihm nicht begegnen zu müssen. Irgendwie wirkte er nervös, er schaute sich auch ständig um. Dann passierte er die geöffnete Tür zur Bibliothek und ging weiter. Sie fragte sich, wo er nur hinwolle, außer dem Bücherzimmer gab es bestimmt nichts, was einen um diese Zeit hierher verschlug. Alle Räume waren finster, auch ein Kinofilm wurde heute nicht gezeigt.

Rivka wählte ein Buch von Theodor Herzl, ,,Alt-Neuland'', das sie schon lange lesen wollte. Nachdem der Kibbuznik es in eine Liste eingetragen hatte, verließ sie die Bibliothek. Zögernd blieb sie draußen vor der Tür stehen und schaute in die Richtung, in der Amos verschwunden war. Sie überlegte einen Moment, und einer plötzlichen Eingebung folgend, schritt sie den dunklen Gang entlang. An dessen Ende befanden sich zwei geschlossene Türen. Rivka hatte die Hand bereits auf der Klinke der einen, als sie hinter sich Schritte hörte. Nervös schaute sie sich um, hastete auf die andere Tür zu und schlüpfte in den finsteren Toilettenraum. Sie ließ die Tür einen Spalt offen und lauschte gebannt. Nach einigen Sekunden vernahm sie leise Stimmen und hörte, wie jemand aus dem anderen Zimmer trat. Erstaunt erkannte sie die Stimmen von Tamir und Amos. Die Männer entfernten sich. Als Rivka wieder in den düsteren Gang hinaustrat, waren die beiden verschwunden. Was hatte Amos dort gewollt? Und was zum Teufel hatte Tamir mit ihm hier zu suchen? Sie schlüpfte in den angrenzenden Raum und schaute sich um. Ein spartanisch eingerichtetes Büro mit Schreibtisch und Telefon. Verwundert und nachdenklich verließ sie die Ulam[1]. Plötzlich paßten einige Ereignisse wie Puzzlesteine zusammen. Sie dachte an die Schlüssel, die jemand benutzt hatte, um ihr Zimmer zu öffnen, und daran, daß außer Gaby auch Marie-Louise Zugang zu diesen hatte und . . . daß Marie-Louise einmal Tamirs Freundin gewesen war. Und wer hatte, außer Vladimir selbst, das Funkgerät benutzt? — Amos! Was hatten ausgerechnet Amos und Tamir heute nacht so heimlich zu besprechen gehabt? Mist, fluchte Rivka plötzlich. Konnte es sein, daß er der Mann war, den sie suchten? Doch was hatte Tamir mit ihm zu tun? War es etwa möglich, daß auch er . . . Es wurde Rivka fast schlecht bei dem Gedanken, und das Herz klopfte ihr im Hals. Je mehr sie grübelte, desto sicherer war sie, daß ihr Verdacht begründet war, daß beide, Tamir und Amos, für die gegnerische Seite arbeiteten. Sie durfte sie nicht mehr aus den Augen lassen!

Später lag Rivka wie gelähmt in der Dunkelheit auf ihrem Bett. Tamir schien ihr plötzlich jemand anders geworden — auf jeden Fall konnte sie ihm nicht mehr so unbekümmert gegenübertreten wie bisher. Sollte ihr Freund wirklich etwas mit dem Russen zu tun haben? Dann mußte sie sich ernsthaft überlegen, was sie unternehmen konnte. Meytal durfte sie vorerst nicht einweihen. Erst wollte sie ganz sicher sein, bevor sie Tamir offen beschuldigte.

*

1) hebr. Aula

Die Schar im Bus war guter Laune, aufgeregt und abenteuer-
lustig, trotz der ungemütlichen Fahrt, während der sie ständig durchgeschüttelt wurden. Eine Stunde nach der Abfahrt
erreichten sie Be'er Sheva. Je weiter in den Norden sie fuhren, desto häufiger war die karge Gegend durchsetzt von
vorüberziehenden grünen Flecken der Kibbuzim und Mo-
schawim[1]. Immer öfters kamen sie an exakt ausgerichteten
Orangenplantagen vorüber, deren hell- und dunkelgrüne
Blätter vom Staub und Sand wie gepudert wirkten. Auch die
Beduinenlager blieben zurück, die im Negev noch ab und zu
neben der Straße zu sehen waren.

Als sie Tel Aviv hinter sich im Hitzedunst zurückgelassen
hatten, erreichten sie die Kreuzung von Hadera. Gideon, ihr
Fahrer, zweigte hier ab in Richtung Osten.

Minuten später hielten sie an der Busstation der Klein-
stadt Hadera. Fröhlich stiegen sie aus und streckten ihre steif
gewordenen Glieder. Zur Feier des Tages spendierte die Kib-
buzkasse allen eisgekühlte Getränke vom Kiosk. Die Leiter
ließen den jungen Leuten jedoch nur kurze Zeit, um sich von
der vierstündigen Fahrt zu erholen. Schließlich hatten sie
heute noch allerlei auf dem Programm.

Die nächste Etappe führte sie vorbei an jüdischen Siedlun-
gen und arabischen Dörfern und durch bewaldetes Gebiet.
Es war nicht schwer zu erkennen, daß die Nadelhölzer von
Menschenhand gepflanzt worden waren. Zum Teil waren die
Bäumchen noch winzig klein.

Während der Intifada waren Tausende von Bäumen palästinensischen Brandstiftern zum Opfer gefallen. Als Antwort
hatten die Israelis junge Bäume gepflanzt, deren Zahl die der

---

1) genossenschaftl. organisierte Siedlung in Palästina/Israel, Versuch zwischen
   Kibbuz und privater Form von Landwirtschaft

verbrannten um ein Vielfaches übertraf. Unterwegs kamen sie oft an solchen Hainen vorüber, die ihnen wie Mahnmale erschienen, sich nicht unterkriegen zu lassen, die verbrannte Erde zu hegen und zu pflegen und die Wüste erblühen zu lassen.

Auf den Feldern arbeiteten die Bauern und Kibbuzniks, schwitzten und plagten sich mit dem harten Boden ab. Sie ernteten ihr Getreide mit riesigen Maschinen oder verrichteten in steinigen Regionen die Arbeit von Hand.

Nach einer einstündigen Fahrt erreichten die Ausflügler die Meggido-Kreuzung im fruchtbaren Isreel-Tal. Rechterhand zweigte die Straße ins Westjordantal ab, das die einen befreit, die anderen besetzt oder verwaltet nennen. Dörfer und Städte mit arabischen Namen wie Jenin, Schchem und Ramallah lagen am Weg, der durch das Kernland nach Jerusalem führte.

Die Abzweigung zur Westbank lag hinter ihnen, als sich der Bus der Stadt Afula näherte.

Alon war aufgestanden und versuchte mit lauter Stimme das Dröhnen des alten Motors zu übertönen: «Hoffentlich hat keiner von euch die Badehose vergessen. Macht euch bereit, in wenigen Minuten werdet ihr Gelegenheit zu einer herrlichen Erfrischung haben!»

Die Schar jubelte übermütig und freute sich auf den langersehnten Halt. Der Bus bog von der Straße ab und holperte über einen Naturweg dem Parkplatz zu.

«Wir bleiben ungefähr zwei Stunden in diesem Park. Er heißt ‚Gan haSchloschah‘, der Park der Drei. Ihr werdet selber herausfinden, warum er so genannt wird. Okay — viel Spaß!»

Sie folgten Eli. Ringsum erhoben sich die sanften hellbraunen Hügelzüge des Gilboas und bildeten einen angenehmen Kontrast zu all dem strotzenden Grün um sie herum.

Nach einem kurzen Spaziergang entdeckten sie das Wasser. Zwischen saftigem Rasen, hohen stolzen Dattelpalmen und lachs- und purpurfarbig blühenden Büschen tat sich vor ihnen der Ausblick auf einen kleinen See auf. Wie ganz fein gemalt spiegelten sich die Bäume am Ufer darin. Weiter hinten floß das Wasser in ein anderes Naturbecken, das wiederum in einem Wasserfall in ein drittes Becken stürzte. Der Park der drei Seen!

Das Wasser war erstaunlich kühl und erfrischend. Unzählige Besucher hatten es sich auf dem Rasen gemütlich gemacht. Die meisten von ihnen waren Araber. Ganze Familien lagerten im Schatten der Bäume inmitten von Decken und Picknickzubehör. Es roch nach gebratenem Fleisch.

«Schau mal», machte Rivka Salim auf das friedliche Bild aufmerksam, «hier merkt man nichts von Feindseligkeit zwischen unseren Völkern. Alle sitzen wir im gleichen Park, baden im selben Wasser und erfreuen uns an diesem Stückchen Paradies.»

Sie saßen eng beieinander am Ufer.

«Und vor zweitausend Jahren amüsierten sich bekanntlich die Römer hier», antwortete er mit spöttischer Stimme.

Nach einem langen, erquickenden Bad im glasklaren Wasser drängte Rivka: «Komm, wir sollten gehen, die anderen sind schon bereit zum Aufbrechen.»

Sie streckte Salim die Hand hin und er zog sich daran hoch. Für einen kurzen Moment waren seine Augen den ihren sehr, sehr nahe. Rivka stockte der Atem. Was trieb Tamir für eine Spiel?

Der nächste Teil ihrer Reise führte sie nach Beit Schean im gleichnamigen, brütendheißen Tal. Von dort aus ging es weiter ins fruchtbare Jordantal. Sie fuhren vorbei an Kibbuzim, die alle vom Wasser des Jordans lebten. Die Gegend war satt und grün. Fischteiche glitzerten in der Sonne. Um sie herum wucherte hohes Schilf, und zwischen den Teichen ragten Palmenalleen empor. Daneben leuchteten Weizen- und Baumwollfelder.

«Seht mal da hinunter», rief plötzlich Natascha, «der Jordan!»

Der legendäre, vielbesungene Flußlauf führte jetzt, im Hochsommer, kaum mehr Wasser mit sich. Er sah eher wie ein klägliches Rinnsal aus. Sollte das die Quelle sein, von der in dieser Gegend so viele zehrten? Felsbuckel ragten aus dem Flußbett, und mancherorts schien das Wasser gänzlich versiegt. Weiter oben beim Kraftwerk von Menachamya war der Wasserpegel schon deutlich höher. Hier wurde der Fluß zur Gewinnung von Elektrizität gestaut. Unmittelbar dahinter standen Stacheldrahtzäune: die Grenze zu Jordanien.

«Wir befinden uns im Moment immer noch zweihundertvierzig Meter unter dem Meeresspiegel», brüllte Eli durch den Bus. «Diese Gegend gehört zu den am tiefsten gelegenen der Welt. Auch der See Genezareth, den wir bald sehen werden, liegt noch zweihundert Meter unter Meer. Seht doch die vielen Bananenplantagen zu beiden Seiten der Straße! Die Gegend ist sehr fruchtbar. Bis zur jordanischen Grenze ist es nur ein knapper Kilometer.» Eli wies auf den See am Ende des Tals: «Und dort vorne könnt ihr den ‚Kinnereth‘[1) schon sehen.»

Bald rollte der Bus auf der Uferstraße zügig den Golanhöhen entgegen.

---

1) in hebr. Sprache wird der See Genezareth Kinnereth genannt, weil die Form des Gewässers einer Geige (Kinnor) gleicht

«Jetzt fahren wir nach Osten, Richtung syrische Grenze.
Israel grenzt an vier arabische Länder: Ägypten, Jordanien,
Syrien und den Libanon. Dort hinten», erklärte Eli, «gibt es
einen Ort mit heißen Schwefelquellen. Gleich daneben ist
auch eine Krokodilfarm. Wenn ihr ein andermal Gelegenheit
habt, besucht doch ‚Hammat haGader'. Verwechselt aber
nur nicht die Quellen mit den Kroko-Pools», riet Eli und
steckte seine Zuhörer mit seinem Gelächter an.

Gideon steuerte den Bus dem mit Büschen überwucherten
Ufer entlang bis nach Ein Gev.

Nach den letzten Häusern des Kibbuz verlangsamten sie
ihre Fahrt und bogen zu einem schattigen Rastplatz ab.

«Wir werden hier unser Nachtquartier aufschlagen», erklärte Alon, bevor alle ausstiegen.

Ein kräftiger Wind peitschte die Wellen. Grünblau und
ungestüm rollten sie daher und überschlugen sich schäu-
mend auf den Gesteinsbrocken am Ufer. Einige Mutige wagten sich in die wild spritzende Gischt hinein.

Später luden sie das Gepäck aus und richteten sich für die
Nacht ein. Die untergehende Sonne tauchte die Gegend in
leuchtende Farben. Vereinzelt blitzten die ersten Lichter von
Tiberias zu ihnen herüber.

Während des Nachtessens fiel Rivka auf, daß sich Tamir
und Amos aus dem Weg gingen, wo sie nur konnten.

Zu vorgerückter Stunde saß eine kleinere Gruppe um ein
knisterndes Feuer.

«Alon, wie lange bist du eigentlich schon in Revivim?»
fragte Abraham, der dunkelhäutige Inder.

«Seit fünf Jahren. Von New York hatte ich einfach die Nase
voll. Diese Hektik dort, der ewige Straßenlärm, das Unpersön-
liche einer Großstadt . . . all das konnte ich nicht mehr ertra-
gen. Dagegen ist das Leben im Kibbuz eine wahre Erholung!»

112

«Und Steuererklärungen brauchst du auch keine mehr auszufüllen», lachte Meytal.

«Und sogar die Wäsche wird dir gewaschen», ergänzte Abraham.

«Wie denkst du denn über die Palästinenser, Alon?» Ivan, der Professor, rückte sich interessiert die runde Brille zurecht. Alle blickten erwartungsvoll auf ihren Lehrer.

«Das kann ich nicht in zwei Sätzen erklären», begann Alon zögernd. «Aber ich will versuchen, meine Meinung zusammenzufassen: Lange vor 1948 war der Konflikt zwischen Arabern und Juden eine Streiterei zwischen zwei Volksgruppen. Mit der Gründung unseres Staates wurde das palästinensische Volk zerrissen. Ein Teil erhielt die israelische Staatsbürgerschaft, ein anderer floh in arabische Länder. So wuchs das jüdisch-palästinensische Problem zum israelisch-arabischen oder eben zum Nahost-Konflikt heran. Die Ironie des Sechs-Tage-Krieges liegt darin, daß genau diese Auseinandersetzung noch einmal von vorne begann. Unser Vormarsch an den Jordan brachte die Mehrheit der Palästinenser wieder unter eine Herrschaft; heute kämpfen Juden und palästinensische Araber um die Macht in diesem Gebiet. Es ist eine verworrene Situation. Seit dem Beginn der Intifada muß sich jeder mit der Tatsache abfinden, daß der Krieg da ist, zwar frontenlos, doch immer präsent.»

Auch Rivka und Salim gesellten sich zu der Gruppe um Alon.

«Die patriotischen Gefühle der Araber in den Gebieten haben sich innert kurzer Zeit sehr gewandelt. Solange sie unter jordanischer oder ägyptischer Herrschaft vegetierten, wußten sie nicht, wohin sie eigentlich gehörten. Aber seit die Gebiete von Israel verwaltet werden, bleibt ihnen doch nur noch die Möglichkeit, sich als Palästinenser zu verstehen.

Vor allem Jugendliche fühlen sich als solche und lassen uns das unmißverständlich spüren.»

Igal unterbrach seinen Kollegen.

«Kennt ihr den israelischen Philosophen Hartmann? Er hat einmal gesagt: ‹Da haben wir doch geglaubt, wir seien endlich nach Hause gekommen, hätten das Exil hinter uns gelassen, und jetzt werden wir ständig daran erinnert, daß wir in diesem Haus nicht einmal die Schuhe ausziehen und unsere Beine ausstrecken dürfen!›»

Alon nickte. «Unsere Häuser sind nicht mehr Heime, sondern Festungen», fuhr er fort. «Daß die Palästinenser ihren eigenen Staat haben müssen, scheint mir ganz klar. Wenn's nach mir ginge, hätte ich ihnen schon längst Teile des Gazastreifens überlassen. Wenn die Ägypter ihrerseits dann Land vom Sinai geben würden, bestünde endlich Hoffnung . . .»

«Du weißt genausogut wie wir alle, daß sich die Palästinenser nie mit einer solchen Lösung abspeisen lassen. Was sie wollen, ist ganz klar: die ganze Westbank und den Gazastreifen», fuhr Salim dazwischen.

Rivka konnte im Dunkeln nur seine glänzenden Augen sehen.

«Das ist es ja gerade», erwiderte Alon. «Jeder will und fordert, und keiner ist bereit, etwas aufzugeben!»

«Was passiert dann wohl in Jordanien, wenn aus der Westbank ein Palästinenserstaat wird? Über sechzig Prozent der jordanischen Bevölkerung sind Palästinenser. Wollen die denn alle ins Gebiet der Westbank, oder wird Jordanien vergrößert? Jordanien ist ja schon der Staat der Palästinenser!»

«Du hast recht, Igal», sagte Gideon. «Wir könnten noch stundenlang weiterdiskutieren und würden doch keine vernünftige Lösung finden. Ich leg mich jetzt ein bißchen hin und schau in die Sterne. Lailah Tov![1]»

*

Die ersten Sonnenstrahlen drangen zwischen den Bäumen hindurch und kitzelten die Gesichter der Schlafenden.

Eli und Peter, die die letzte Nachtwache hatten, kochten bereits Kaffee. Jede Nacht sollten sie einander bei der Wache ablösen. Zu ihrer Sicherheit hatten der Chauffeur und die Begleiter stets die kurzen Uzi-Gewehre bei sich. Darüber wunderte sich niemand. Mittlerweile wußten alle, daß man sich nicht mehr im ganzen Land so sicher fühlen konnte wie vor der Intifada.

Nach einer Tasse Kaffee wurden alle wach und untersuchten die Gegend nach Abfällen: Ehrensache, den Ort sauber zu hinterlassen.

Dann fuhr der Autobus langsam zurück auf die Hauptstraße. An der nächsten Kreuzung ging es steil bergauf. Der schwere Laster hatte Mühe, die Steigung in den engen Kurven zum Plateau der Golanhöhen zu überwinden. Aber es lohnte sich: Ihnen bot sich ein prächtiger Rundblick über den ganzen Kinnereth, der in der Morgensonne silbrig glitzernd unter ihnen im Dunst lag. Zwischen dürrem, kniehohem Gras bedeckten große Distelblumen die schwarze Erde.

Igal erklärte ihnen, dieses Gebiet habe vor 1967 zu Syrien gehört. Der Hügelzug über dem See Genezareth bedeutete für Israel eine ständige Gefahr. Von hier aus hatten syrische Soldaten die Bauern in den Feldern und die Fischer auf dem

---

1) hebr. gute Nacht

See beschossen. Siedler lebten in steter Angst, auf ihrem Boden erschossen zu werden. Sie hatten die Feldarbeit bewaffnet und mit gepanzerten Traktoren ausführen müssen.

«Als im Sechs-Tage-Krieg die arabischen Armeen Israel zum wiederholten Male angriffen, drängten wir sie schließlich bis dorthin zurück, wo sie heute noch sind und für uns keine akute Bedrohung mehr bedeuten.»

Im Weiterfahren sahen sie ab und zu noch Zeichen dieses Krieges. Zerschossene Panzer und Fahrzeuge rosteten am Straßenrand vor sich hin. Man hatte sie absichtlich da stehen lassen, um daran zu erinnern, daß es in dieser Gegend nicht immer so friedlich gewesen war wie jetzt.

An der nächsten Kreuzung bremste Gideon scharf, so daß einige Taschen aus den Gepäcknetzen fielen. Der Grund war ein gepanzertes Armeefahrzeug, gefolgt von einem Jeep, die ihnen in einer dichten Staubwolke entgegenfuhren. Sie stoppten neben dem Bus. Ein Soldat wechselte ein paar Worte mit Gideon. Die Burschen und Mädchen, die sich an den Fenstern drängten, konnten deutlich die staubverkrusteten, verschwitzten Gesichter der jungen Soldaten erkennen, die ihnen gutgelaunt zuwinkten. Dann fuhr der kleine Konvoi weiter, dem Stacheldrahtverhau der Grenzlinie entlang. Die Soldaten suchten nach Spuren von Terroristen und feindlichen Eindringlingen.

Nach einigen Kilometern durch die Steppe des Golans lenkte Gideon den Bus auf einen sandigen Pfad, der von der Hauptstraße wegführte. Eine Weile rüttelten sie durch Schlaglöcher und über Steine, bevor sie Gamla, eine bekannte Ruine und Stätte archäologischer Funde, erreichten. Die durchgeschüttelte Gesellschaft atmete auf und verließ stöhnend den Bus.

Meytal rempelte Mikail an, der abrupt vor ihr stehengeblieben war. Sie vernahmen einen klatschenden Laut und gleichzeitig rief Daniela: «Da, seht doch! Das sind ja wirklich Adler!»

Jetzt entdeckte auch Meytal die beiden mächtigen Raubvögel, die nur steinwurfweit vor ihnen vom Boden aufflogen. Das Klatschen stammte von den Schwingen der Adler, die sich mit jedem Schlag weiter in den Himmel schraubten. Schließlich kreisten sie majestätisch über ihnen am saphirblauen Sommerhimmel.

Dror, einer der Begleiter, erzählte, daß sich in diesem Taleinschnitt zahlreiche Adler eingenistet hätten. «Das ist in der Natur eher eine Seltenheit. Adler sind Einzelgänger. Es kommt kaum vor, daß mehrere sich ein Jagdrevier teilen.»

Er und Rilly, der seinen Schäferhund auf die Fahrt mitgenommen hatte, führten die Gruppe auf einen längeren Spaziergang. Sie kamen an mannshohen Felsbrocken vorbei, die in einer geheimnisvollen Anordnung aus dem Boden ragten.

Dror meinte, als ihn jemand danach fragte, daß es Grabmäler von Menschen aus vorgeschichtlicher Zeit sein müßten.

Nach einer Wanderung auf einem handtuchbreiten Pfad, dem Taleinschnitt entlang, hatten sie ihr Ziel erreicht: Sie standen vor einem Steilhang. Ein Wasserfall donnerte in die kantige Schlucht hinunter. Wenige Meter unter ihnen schrak ein brütendes Adlerweibchen aus seinem Horst und schwang sich mit ausgebreiteten Flügeln in die Höhe. Deutlich war der gelblich-braune Schnabel zu erkennen. Rex bellte dem Adler wütend nach, der an ihnen vorbei in die Schlucht hinuntersegelte und mit einem heiseren Krächzen wieder und wieder kreiste und endlich hoch über ihnen wegflog.

«Dort sind noch mehr Adler!» schrie Abraham aufgeregt.

Ein wirklich einmaliges Schauspiel bot sich ihnen. Die

Raubvögel kamen zuweilen so nahe, daß die Vordersten erschrocken zurückwichen.

Als die Gruppe gegen Mittag wieder beim Autobus eintraf, waren alle hungrig. Im Schatten eines knorrigen Olivenbaums packten sie Brot, Käse und Oliven aus, dazu Tee und Früchte gegen den Durst.

«Einsteigen, Kinder», hieß es aber schon bald, und die Fahrt konnte weitergehen.

Die nächste Stunde fuhren sie über schmale Straßen inmitten von weizenfarbenen Distelfeldern. Die Erde war hier pechschwarz, man sah ihr an, daß sie fruchtbar war. Allerdings über und über bedeckt mit Steinen. Igal entdeckte ein Dorf, eng an einen Hügel geschmiegt.

«Schaut, dort drüben ist ein Drusendorf. Von diesem arabischen Stammesvolk leben viele hier auf dem Golan und im Galil. Auch für sie hat es Platz in Israel!»

Das Dorf entschwand ihren Blicken. Eine löchrige, gewundene Straße führte sie hinunter ins Tal. Die Landschaft ging in bewaldetes Flachland über. Bald steuerte Gideon den Bus ihrem nächsten Ziel zu: der Danquelle.

Gruppenweise durchforschten sie in den nächsten zwei Stunden diesen paradiesisch-dschungelartigen Park. Meytal, Salim, Rivka und Vladimir folgten Eli in einen dichten Eukalyptuswald. Kräftige, ineinander verschlungene Wurzeln zogen sich über den Boden, und überall hingen Lianen von den Bäumen. Winzige Rinnsale suchten sich ihren Weg über moosbewachsene Steine. Man mußte sich ducken, um unter herabhängenden Ästen durchzuschlüpfen. In der Luft hing ein süßlicher, verführerischer Duft, der von den Feigen ausströmte, die Salim vom Baum pflückte. Sie blieben stehen und teilten die süßen Früchte untereinander und kamen sich vor wie Abenteurer in einer wilden, unberührten Gegend.

Salim hatte Rivka an der Hand genommen und führte die Gruppe an, den geschnitzten Wegweisern folgend. So gelöst hatte Rivka ihren Freund noch nie gesehen. Er war zu Scherzen aufgelegt und bestand sogar darauf, sie eine Weile auf seinem Rücken zu tragen, und auch sonst ließ er sie nicht aus seiner Nähe.

Durch das dichte Blätterdach über ihnen drangen nur noch vereinzelt Sonnenstrahlen. Eine Weile watete die Gruppe im Wasser. Sie hatten die Schuhe ausgezogen und tappten zwischen den Steinen herum. Plötzlich entdeckte Vladimir im seichten Bach einen schwarz-rot leuchtenden Salamander. Beglückt bestaunten sie das seltene Tier. Danach wanderten sie weiter durch den Wald, bis der allmählich lichter wurde. An einem wie verwunschenen Plätzchen genossen sie übermütig ein Bad.

Nur ungern verließen sie diese Oase des Friedens. Doch sie mußten aufbrechen; bis zum Kibbuz Misgav Am, wo sie übernachten wollten, dauerte die Fahrt noch eine Stunde; der Kibbuz befindet sich unmittelbar an der libanesischen Grenze. Häßliche Stacheldrahtrollen wanden sich um das ganze Wohngebiet. Am Eingangstor wurde ihr Bus von einem Kibbuznik gestoppt und kontrolliert.

Im Speisesaal konnten sich alle reichlich verpflegen. Nach dem Essen zeigte ihnen der Kibbuzsekretär einen Bunker am Rand der Siedlung, wo sie sich für die Nacht einrichten sollten. Es war schon dunkel geworden, von der Umgebung war kaum mehr etwas zu erkennen.

Im Innern des Bunkers, den sie über eine lange Treppe erreichten, war die Luft kalt und muffig. Grelles Neonlicht erhellte jeden Winkel. An den Wänden waren zweistöckige Pritschen befestigt, auf denen die Leute aus Revivim jetzt ihre Schlafsäcke deponierten.

Meytal rümpfte die Nase. «Das ist ja nicht zum Aushalten hier!»

«Ja, es stinkt wie in einem Kartoffelkeller. Vielleicht könnten wir draußen schlafen», schlug Rivka vor.

«Das ist eine gute Idee. Hier kann ich wirklich nicht atmen, es ist zum Ersticken», klagte Meytal. Sie stiegen zusammen die Treppe wieder hinauf und traten aufatmend an die frische Luft. Etwas später saßen die meisten von ihnen in der Nähe des Bunkereingangs auf dem Rasen. Rivka hatte sich an die rauhe Rinde einer Palme gelehnt und lauschte den Gitarrenklängen, die von Carlos Instrument durch die seidige, sternenklare Nacht drangen. Sie fröstelte und zog den warmen Pullover, den sie sich umgelegt hatte, enger um die Schultern. Die Nächte waren hier im Norden kälter als unten im Negev. Ein Einheimischer hatte sich zu ihnen gesellt und erzählte von Misgav Am.

«Zuweilen müssen wir alle die Nächte in den Bunkern verbringen. Es kommt vor, daß Terroristen versuchen, die Grenze zu überqueren und uns anzugreifen. Und ab und zu fliegt mal eine Katjuscha-Rakete vom Südlibanon zu uns herüber.» Der Kibbuznik stand auf und streckte sich. «Entfernt euch nicht vom Gelände», bat er mit ernstem Gesicht. «Misgav Am wird streng bewacht, und wenn ihr herumspaziert, könnte man euch für Eindringlinge halten.»

Rivka fror noch immer. Sie stand auf und ging hinunter in den Bunker. Dort traf sie Vladimir, der sich auf einer Pritsche ausgestreckt hatte und in einem Buch las.

«Schläfst du nicht auch draußen, Vlad? Mich friert zwar, aber das ist immer noch besser als diese stickige Luft hier unten!»

«Nein. Nimm doch meine Jacke. Die hat überstanden russischen Winter, darin du frieren bestimmt nicht!»

Vladimir schwang sich von der Pritsche und öffnete seinen Rucksack. Er reichte Rivka eine mit Lammfell gefütterte Jacke.

«Toda[1]. Hast du vielleicht Tamir gesehen?»

«Nein», antwortete Vladimir kurz und vertiefte sich wieder in sein Buch.

Rivka stieg erneut die Treppe hoch. Sie entfernte sich von den anderen und suchte die Toilette auf, die in der Nähe des Bunkers lag. Als sie zurückkam, sah sie gerade noch, wie Tamir um die Ecke des nächsten Hauses verschwand. Sie wollte ihn rufen, doch irgend etwas in seiner Haltung hielt sie davon ab.

Rasch blickte sie um sich. Niemand beobachtete sie. Mit drei Schritten war sie bei dem Haus und schaute vorsichtig um die Ecke. Auf dem beleuchteten Weg sah sie ihn. Er wandte sich halb um, und Rivka preßte sich in den Schatten. Dann verließ Tamir den Weg und verschwand zwischen den Bäumen im Dunkeln. Das kam ihr seltsam vor. Warum benahm er sich so geheimnisvoll, tat, wie wenn er etwas verbrochen hätte? In sicherem Abstand schlich sie hinter ihm her, und da bemerkte sie auf einmal eine andere Gestalt: Amos. Also doch! Sie begann vor Aufregung zu zittern. Dann riß sie sich zusammen. Sie durfte jetzt nicht schlappmachen, hier ging etwas nicht mit rechten Dingen zu!

Amos schritt bis zu der Stelle, wo auch Tamir vom Weg abgegangen war, und schlug dieselbe Richtung ein, nachdem er sich nach allen Seiten umgesehen hatte.

Als Amos verschwunden war, drängte es Rivka vorwärts. Geräuschlos eilte sie im Schatten einer Hecke dem Russen

---

1) hebr. danke

nach, blieb aber abrupt stehen, als sie nur wenige Meter vor sich das Glimmen einer Zigarette sah. Die beiden flüsterten jetzt miteinander. Geduckt schlich Rivka näher, das Herz klopfte ihr im Hals. Instinktiv spürte sie, daß sie auf einer ganz heißen Spur war.

Dann verschwanden Salim und Amos hinter einer Baracke am Rande der Siedlung. Rivka folgte ihnen leise. Um die Baracke herum war Rasen, dahinter, in der Dunkelheit knapp erkennbar, der Stacheldrahtverhau der Umzäunung. Rivka sah die Männer über den Rasen zum Zaun gehen. Sie zwang sich, eine Minute abzuwarten, bevor sie ihnen durchs Gittertor hinaus nachging. Der Mond war am Aufgehen. Er wurde ab und zu von Wolkenfetzen verdeckt, die am schwarzen Himmel dahintrieben.

Plötzlich konnte Rivka Salim und Amos wieder hören. Im selben Augenblick überlegte sie sich, daß es sicherer wäre, sofort zurückzukehren. Schließlich wußte sie jetzt, daß die beiden unter einer Decke steckten. Aber sie duckte sich und schlich trotzdem näher an die beiden Verschwörer heran. Salim saß mit dem Rücken zu ihr und unterhielt sich leise mit Amos.

Auf allen vieren kroch Rivka durch das dürre Gras. Da drückte sie mit dem Knie auf ein Ästchen, das unter dem Gewicht ächzend zerbrach. Ängstlich duckte sie sich an die Erde, bis sie den rauhen Boden an ihrer Wange spürte.

Die beiden Männer waren zusammengefahren und blickten in ihre Richtung. Rivka wagte kaum zu atmen. Die Sekunden dehnten sich unerträglich, bis die beiden weitersprachen.

Rivka verstand nur einzelne Wörter: «Meta benachrichtigen . . . Kairo . . . technische Daten weiterleiten . . .», dann war plötzlich ein ganzer Satz deutlich zu hören: «. . . beeil

122

dich bloß mit dem blonden Luder. Abdullas Geduld hat Grenzen!»

Salim brummte etwas Unverständliches. Schließlich erhoben sie sich und schritten nur wenige Meter an Rivka vorbei, zurück zum Kibbuz.

Bebend vor ohnmächtiger Enttäuschung, preßte Rivka sich an den Boden und schluchzte unterdrückt. Nach einer Weile richtete sie sich auf. Blind vor Tränen machte sie einige Schritte, doch dann rutschte ihr Fuß auf einem glatten Stein aus und sie stürzte. Ein greller Schmerz zuckte durch ihr Knie, und sie spürte, daß Blut über ihre Wade rann. Ein scharfer Zweig hatte sich durch den Hosenstoff hindurch in ihr Bein gebohrt. Verzweifelt wollte sie sich wieder aufrichten, verlor aber das Gleichgewicht, als sie den Steilhang unmittelbar neben sich wahrnahm. Ihre Hände krallten sich noch in die Erde, aber die brach unaufhaltsam unter ihr weg. Entsetzt schrie Rivka auf, ein heftiger Ruck riß ihr beinahe die Arme aus. Ihre Finger hatten eine Wurzel umklammert, sie hing knapp unter dem Rand des Abgrundes. Sie stöhnte keuchend, hielt sich mit aller Kraft fest, doch schon glitten die Hände Millimeter um Millimeter ab. Verzweifelt versuchte Rivka einen klaren Kopf zu bewahren. Schließlich schrie sie laut und gellend um Hilfe. Sie versuchte sich hochzuziehen, spürte aber nur, daß sie mit jeder Bewegung weiter abrutschte. Lange konnte sie sich nicht mehr halten.

Unendlich erleichtert hörte sie plötzlich über sich Schritte. Mit erstickter Stimme rief sie, so laut sie konnte. Jetzt kniete jemand über ihr, eine dunkle Gestalt. Langsam und wie in Zeitlupe kam ein Sportschuh auf sie zu. Ganz unerwartet stieß der Schuh hart zu. Rivka schien vor Schreck das Herz stillzustehen. Sie versuchte zu schreien, doch ihrer Kehle entrang sich nur ein heiseres Krächzen.

Erbarmungslos traf die harte Sohle ihre aufgeschürften Knöchel. Der nächste Tritt warf sie zurück. Rivka verlor das Bewußtsein, bevor ihr Körper ungefähr zehn Meter tiefer auf einem schmalen Felsvorsprung aufschlug.

*

Als Meytal auffiel, daß ihre Freundin fehlte, war es bereits spät geworden. Sie hatte sich mit ein paar Freunden unterhalten und stieg nun in den Bunker hinunter, um nach Rivka zu sehen. Dort war noch Licht, einige lagen auf den Pritschen, lasen oder unterhielten sich leise, während andere schon eingeschlafen waren. Sie blickte in die Runde, aber Rivka war nicht da. Erstaunt entdeckte sie Salim, der leise schnarchend auf einer Liege im hinteren Teil des Raumes schlief.

Meytal stieg hinauf ins Freie und erkundigte sich dort, ob jemand Rivka gesehen habe.

«Nein, die war nur am Anfang bei uns, dann habe ich sie den ganzen Abend nicht mehr gesehen», antwortete Katriel gähnend. Natascha und Mikail stimmten ihm zu. Meytal fand Rivkas Schlafsack. Er lag neben ihrem, dort wo sie beide deponiert hatten, als sie sich entschlossen, draußen zu übernachten.

Vielleicht ist sie in der Toilette, dachte Meytal und lief den Weg hinunter. Nein, auch in den hellerleuchteten Waschräumen war niemand.

Schließlich entschloß sie sich schweren Herzens, Tamir zu wecken, und kehrte in den Bunker zurück.

«Tamir, wach auf!» Meytal rüttelte den Schlafenden unsanft.

Salim fuhr auf und starrte Meytal verwirrt an. «Was zum Teufel ist denn los?» fragte er ärgerlich.

124

«Ich kann Rivka nirgends finden und habe sie nun seit einer Stunde überall gesucht. Hast du eine Ahnung, wo sie steckt?»

Der Bursche setzte sich auf und blickte Meytal erschrokken an. Jetzt war er hellwach und hörte Meytal zu, die ihm Einzelheiten berichtete.

«Ich dachte, sie sei bei dir», murmelte er und warf einen Blick auf die Uhr. Es war kurz nach Mitternacht. Nachdem er mit Amos zurückgekommen war, hatte er Rivka auch gesucht. Die Sache gefiel ihm ganz und gar nicht. Zusammen mit Meytal machte er sich nochmals auf die Suche, und obwohl sie in jeden Schlafsack und auf jede Pritsche schauten, fanden sie keine Spur von ihrer Freundin.

«Tamir, um Himmels willen, da muß doch etwas passiert sein, ich habe Angst! Laß uns Eli und Alon wecken, jallah!»

«Nein, wart noch einige Minuten. Laß uns genau überlegen, wo sie noch sein könnte», erwiderte er. Nachdenklich steckte er sich und Meytal Zigaretten an. Hastig rauchten sie. Die Stille hatte plötzlich etwas Bedrohliches. Schließlich raffte sich Salim auf und ging Meytal voran in den Bunker.

Eli und Alon waren sofort wach und stimmten ihnen zu, daß etwas nicht in Ordnung sein könne. Zehn Minuten später waren alle auf den Beinen, redeten aufgeregt durcheinander und suchten und schauten nochmals in jeden Winkel. Als sie von Rivka noch immer keine Spur gefunden hatten, beschlossen die Gruppenleiter, jemand aus Misgav Am herzuholen und um Hilfe zu bitten.

Kurz darauf kamen einige Männer, mit Taschenlampen ausgerüstet.

Die Kibbuzniks waren keineswegs verärgert, obwohl man sie mitten in der Nacht aus den Betten geholt hatte. Eher besorgt.

«Es war vernünftig, daß ihr uns gerufen habt», sagte der Nachtwächter. «Wir müssen sofort eine Suchaktion starten. Ich werde noch einige Leute mehr zusammentrommeln. Keine Angst», versuchte er die Gruppe aus Revivim zu beruhigen, «wenn sie irgendwo in der Nähe ist, werden wir sie schon finden. Habt ihr denn nicht allen ausdrücklich gesagt, sie sollen nicht zum Kibbuz raus oder sich von der Gruppe entfernen?»

Alle bejahten und schauten einander betroffen an. Amir, der erfahrene Kibbuzsekretär, gab seinen Leuten kurze Anweisungen und verteilte die Ausflügler auf die Suchtrupps.

«Jack, du nimmst dir zehn Leute, und ihr durchkämmt den ganzen Kibbuz. Könnte es sein, daß sie hier jemand kennt oder . . . ich meine, hatte sie Bekanntschaft mit einem unserer Jungen?» fragte er Alon.

«Nein, das glaube ich nicht», fuhr Meytal dazwischen und warf einen Seitenblick auf Salim, der wie versteinert dastand und zu Boden starrte, als sähe er etwas, das den anderen verborgen blieb.

«Du bist offenbar ihre Freundin», wandte sich Amir an Meytal. «Beschreib sie uns allen nochmals genau. Blond war sie, richtig?»

«Sie i s t blond», erwiderte Meytal nervös und aufgebracht. Dann beschrieb sie auch Rivkas Kleidung.

«Etwa um neun ist sie noch gekommen in Bunker», mischte sich Vladimir ein. «Sie frieren und ich ihr geben meine Jacke. Dann sie ging wieder nach oben.»

«Beseder. Also ist sie seit über vier Stunden verschwunden», stellte Amir mit einem Blick auf seine Armbanduhr fest. «Das ist wirklich ungewöhnlich. Und seither hat keiner sie mehr gesehen?» wandte er sich an die Umstehenden.

Niemand meldete sich.

126

Alle waren in bedrückter Stimmung, als sie in verschiedene Richtungen ausschwärmten. Von den Kibbuzniks trugen einige Waffen auf sich. Sie hatten vereinbart, daß man zweimal in die Luft schießen würde, sobald jemand ein Lebenszeichen von Rivka entdecken sollte. Marie-Louise blieb beim Bunker zurück, falls die Gesuchte doch noch auftauchen sollte.

Trotz der Kälte schwitzte Salim, und sein Gesicht war aschfahl, die Backenknochen standen auffällig hervor.

Mißtrauisch starrte Amos ihm entgegen, als er sich dem Palästinenser näherte. Zum Glück habe ich sie dort draußen entdeckt, dachte der Russe. Sonst hätte die Blonde womöglich noch Alarm geschlagen und das Unternehmen verraten!

Als er den Ast knacken hörte und schnell in die Richtung schaute, war ihm ein metallenes Blitzen aufgefallen. Amos zweifelte nicht, daß dort jemand war und sie belauschte. Beim Zurückgehen gleich darauf war er an der Stelle wie unbekümmert vorbeigeschritten und hatte aus den Augenwinkeln die geduckte Gestalt gesehen. Zwar wußte er noch nicht, wer es war, doch nachdem Salim sich von ihm getrennt hatte, schlich er nochmals hin. Er war schon ganz in der Nähe, als Rivka taumelte und stürzte. Beinahe hätte er laut aufgelacht. Sie hatte ihm die häßliche Arbeit abgenommen! Aber dann wurde ihm schnell bewußt, daß sie noch unterhalb der Kante hing. Also stieß er Rivka hinab.

Der Araber hat mir nie gefallen, überlegte Amos weiter. Ein Frauenheld, der sich mit Abenteuern einer unbedeutenden Splittergruppe der PLO brüstete! Fast hätte er unsere Sache auffliegen lassen, dieser Salim! Statt die Blonde auszuquetschen, ließ er sich von ihr einwickeln . . . Gut, daß sie weg ist!

Sie fanden Rivka erst nach stundenlangem Suchen. Es

dämmerte bereits, als ein Kibbuznik nahe beim Abgrund eine Packung Zigaretten entdeckte, die Rivka beim Sturz verloren hatte.

Ahnungsvoll trat der Mann näher an die Klippe und warf einen Blick in die Tiefe. Sein Begleiter griff zum Gewehr.

Nachdem die zwei Schüsse durch die Stille gepeitscht waren, dauerte es nur Minuten, bis fast alle Suchenden beisammen waren.

«Ein wahres Wunder daß sie dort auf der schmalen Kante gelandet ist! Sie könnte tief unten in der Schlucht liegen! Hoffen wir, daß sie noch lebt!» rief Alon aufgeregt.

Amir trat zu der Gruppe, die sich an der Absturzstelle drängte und in die Tiefe äugte. Er mahnte zur Vorsicht und befahl dann seinen Freunden: «Schnell, holt den Traktor und starke Seile, und bringt Doktor Dreyfuß her! Schavit —» rief er einer jungen Frau zu, «verständige sofort die Grenzsoldaten und den ,Magen David Adom'[1]. Wir müssen sie schnellstens ins Spital bringen, wenn wir sie oben haben!»

Meytal stand mit versteinertem Gesicht und hängenden Armen da. Erst jetzt brach der Schmerz in ihr auf. Sie schaute sich nach Tamir um. Er kauerte unmittelbar am Abgrund, den Kopf gesenkt und die Hände zu Fäusten geballt.

Natascha versuchte Meytal abzulenken und legte ihr tröstend den Arm um die Schultern, und auch Vladimir redete beruhigend auf sie ein.

Motorenlärm kündete das Nahen des Traktors an. Kaum waren die Männer abgesprungen, riß Salim einem von ihnen die Seilrolle aus der Hand.

«Ich werde sie raufholen», sagte er mit beherrschter Stim-

---

1) hebr. Roter Davidstern, isr. Rotes Kreuz

me zu Amir, der auf ihn zukam. Keiner widersprach. Rilly half Salim, sich die Leine um den Leib zu schlingen, und testete die Festigkeit der Knoten. Das andere Ende band Amir am Traktor fest. Einer der Kibbuzniks kletterte auf den Führersitz und fuhr ein Stück rückwärts, bis sich das Seil zwischen Salim und Traktor spannte.

Alle waren zurückgetreten und beobachteten gebannt, wie sich Salim von der Kante abstieß und langsam in der Tiefe verschwand.

Minuten später vernahm man oben seine Stimme: «Zieht mich jetzt hoch! Aber seid um Himmels willen vorsichtig!»

Als Salim mit seiner Last auf dem Plateau ankam, halfen ihm viele Hände und banden Rivkas wie leblosen Körper von ihm los. Sie hoben sie auf die Bahre, wo sich der Arzt sofort um sie kümmerte.

Inzwischen waren die Grenzsoldaten eingetroffen und ließen sich über die Lage orientieren.

«Sie muß sofort nach Kiryat Schmone ins Bezirkskrankenhaus», entschied Dr. Dreyfuß. «Es ist nicht auszuschließen, daß sie innere Verletzungen davongetragen hat. Außer Prellungen und Schürfwunden kann ich hier nichts feststellen. Die Schulter ist ausgekugelt. Wahrscheinlich sind auch Rippen gebrochen oder gequetscht.» Er strich Rivka die blutverkrusteten Haare aus dem Gesicht. «Ein Wunder, daß sie überhaupt noch lebt.» Die Verletzte wurde auf der Bahre in den Kibbuz gebracht, wo schon ein Ambulanzwagen des Roten Davidsterns wartete.

*

Stunden später saßen Meytal und der Palästinenser mit übermüdeten Gesichtern am Krankenbett. Unverwandt starr-

129

ten sie auf die Freundin, die mit geschlossenen Augen bewegungslos unter den weißen Laken lag. Um den Kopf hatte man ihr einen dicken Verband gebunden. Aus einer Infusionsflasche über dem Bett tropfte eine durchsichtige Flüssigkeit gleichmäßig durch einen Schlauch in Rivkas Vene.

Meytal und Salim schraken auf, als der Arzt ins Zimmer trat und sie leise begrüßte.

«Eure Freundin hat großes Glück gehabt», erklärte er. Seine grauen Augen lächelten warm und tröstend. «Die Schulter wird Rivka noch eine Weile schmerzen. Sie hat böse Prellungen erlitten, die Hand ist verstaucht, und im Unterschenkel hat sie eine tiefe Schnittwunde, die wir nähen mußten. Was mir jedoch eher Sorgen macht, ist der Schock, den sie erlitten hat. Ich hatte den Eindruck, daß sie wach war, als wir die Hand verbanden. Ihre Augen blickten gehetzt und völlig verängstigt, doch gesprochen hat sie nicht.» Dr. Morgan griff behutsam nach Rivkas Handgelenk und fühlte ihr den Puls. «Ihr könnt noch einige Minuten bei ihr bleiben», erlaubte er. «Aber dann müssen wir sie ruhen lassen. Sie wird noch einen Tag zur Beobachtung hierbleiben müssen. Wir wollen sichergehen, daß sie keine inneren Verletzungen hat, und sie heute noch röntgen. Wenn alles in Ordnung ist, sehe ich keinen Grund, sie länger hierzubehalten. Ich werde arrangieren, daß eure Freundin einen ‚Lift‘ nach Be'er Sheva bekommt. In der Universitätsklinik sind sie besser ausgerüstet als wir, und man wird Rivka dort nochmals einer genauen Untersuchung unterziehen. Danach darf sie zu euch in den Kibbuz. Natürlich muß sie sich noch eine Weile schonen.»

Damit verabschiedete sich Dr. Morgan. Meytal blieb mit Salim im Zimmer zurück.

«Bleibst du hier, ich geh schnell telefonieren.»

130

Salim nickte.

Dov war zu Hause. Er wirkte erstaunlich gefaßt, als er die schlimme Nachricht hörte.

«Meytal, wenn ich irgend etwas tun kann, ruf mich an. Ich werde mich heute abend nach Rivkas Zustand erkundigen. Ich vermisse dich, Motek. Rufst du mich an, wenn ihr im Kibbuz angekommen seid?»

«Beseder, Dov. Lehitraot.»

*

Salim und Meytal warteten auf der staubigen Straße vor dem Krankenhaus. Beide waren in Gedanken versunken. Meytal fragte sich — zum wievielten Male? —, wie Rivka dort, außerhalb des Kibbuz, hatte hinunterstürzen können. Was in aller Welt hatte sie bewogen, das gesicherte Areal zu verlassen? Doch Meytal behielt ihre Gedanken für sich. Irgendwie ahnte sie, daß das Ganze kein Zufall war und mit ihrer Suche nach dem Agenten in Zusammenhang stand. Aber sie durfte nichts verraten . . .

Nach einer Weile kam der Bus. Gideon drosselte das Tempo, als er die beiden am Straßenrand stehen sah. Salim half Meytal beim Einsteigen.

Es herrschte eine gedrückte Stimmung unter den jungen Leuten, doch nachdem Meytal ihnen alles erzählt hatte, waren sie erleichtert, daß der Unfall so glimpflich abgelaufen war.

Für Amos jedoch war das Gehörte ein Schock. Damit hatte er nicht gerechnet. Wie war es möglich, daß Rivka diesen Sturz überlebt hatte? Jedenfalls war es unwahrscheinlich, daß sie ihn in der Dunkelheit erkannt hatte, versuchte er sich zu beruhigen. Trotzdem fürchtete er die Untersuchungen, die bestimmt anlaufen würden, sobald Rivka in der Lage war, die Wahrheit zu erzählen.

Die Gruppe hatte sich entschlossen, die Reise trotz Rivkas Unfall fortzusetzen. So kehrten sie zurück an den Kinnereth, wo sie im lauen Wasser baden und sich vom Schrecken erholen konnten.

Meytal fühlte sich merkwürdig verlassen. Sie mochte die Freude der Badenden nicht so recht teilen. Als sich jemand neben sie setzte, blickte sie kaum auf. Doch der großgewachsene, blondhaarige Mann lächelte ihr aufmunternd zu. «Mach dir jetzt keine Sorgen mehr, Meytal. Rivka wird werden bald wieder gesund.»

Sie war von dem mitfühlenden Ton in Vladimirs Stimme überrascht und schaute ihm prüfend ins Gesicht. Ob er die näheren Umstände kannte, die zu Rivkas Absturz geführt hatten? In seinen Augen war bloß ehrliche Anteilnahme zu lesen. Meytals Blick schweifte wieder über die flachen Wellen, die sich an den Felsen unter ihnen kräuselten.

«Es ist nicht leicht, seine Gedanken einfach abzuschalten», entgegnete sie Vladimir, der neben ihr kauerte und sie aufmerksam beobachtete.

«Als ich Rivka vorhin im Spitalbett liegen sah, war sie so blaß, so zerschunden und verletzt. Der Arzt hat wohl gesagt, ihre Verletzungen seien nicht schlimm. Doch Rivka schien mir auf einmal unendlich weit weg zu sein.»

«Kann ich gut verstehen. Trotzdem», sagte Vladimir lächelnd, «— versuch Ausflug zu genießen. Schließlich wir sind nur sehr kurze Zeit hier. Komm schwimmen, Meytal!»

Sie ließ sich überreden und folgte ihm.

*

Die Sonne stand am höchsten Punkt, als sie wieder aufbrachen. Den See hinter sich lassend, fuhren sie auf der Straße durch das Jordantal südlich in Richtung Beit Schean. Kurz nach diesem Ort kamen sie an eine Straßensperre des Militärs. Ein Soldat schaute kurz zu ihnen herein. Er ließ seinen Blick über ihre Gesichter schweifen, dann nickte er und ließ sie weiterfahren.

Nachdem sie das Jordan- und Beit-Schean-Tal durchquert hatten, wurde die Landschaft öde, und sie kamen nur noch selten durch eine Ortschaft. Ab und zu konnten sie ganz nahe bei der Straße die Grenzzäune zu Jordanien sehen, einige Male auch den grünen Taleinschnitt des Jordans, dessen Farben sich wohltuend vom Sandbraun der Umgebung abhoben. Eine gespannte, geheimnisvolle Stille herrschte, die nur vom Brummen des Fahrzeugmotors gestört wurde. Die Temperatur kletterte gegen vierzig Grad im Schatten. Je näher sie dem tiefsten Punkt der Erde, dem Toten Meer, kamen, desto heißer und stickiger wurde die Luft im Innern des Busses, bis sie schier zum Schneiden war. Manchmal kam ihnen auf dem Sandstreifen neben der Hauptstraße in einer dichten Staubwolke eine Militärpatrouille entgegen. Sonst war niemand unterwegs.

Nach einer Stunde Fahrt erreichten sie die Oase Jericho. Der Straße entlang waren Stände aufgestellt. Goldgelbe Datteln hingen in Bündeln von den Buden herunter, Obst und Früchte waren pyramidenförmig aufgetürmt. Araber boten ihre Ware feil und verkauften den Touristen frischgepreßte Säfte und Früchte, allerdings zu Wucherpreisen. Von der Intifada war nichts zu spüren.

Nach einer kurzen Rast setzte die Gruppe ihre Reise fort. Es war nicht mehr weit bis zum Toten Meer, und sie konnten das versprochene Bad im salzigen Wasser kaum erwarten.

Als sie an die Verzweigung kamen, an der die Straße von Jerusalem einmündete, sahen sie vor sich im flimmernden Hitzedunst die türkisfarbene, spiegelnde Fläche des Meeres.

Natascha, die neben Meytal saß und die letzten Stunden über Kopfschmerzen geklagt hatte, stieß einen Schrei des Entzückens aus: «Hey, seht mal, diese starke Farbe, wie ist nur möglich in Wüste?»

Auf einer gewundenen Straße fuhren sie direkt ans Wasser. Hüben das Gebirge der jüdäischen Wüste, drüben die Hügelzüge von Jordanien, und in der Mitte die unbewegte Oberfläche des Meeres, in der sich die Berge deutlich spiegelten. Kein Windhauch rührte sich über dieser faszinierenden, scheinbar leblosen Landschaft. Nur am Rande des Wassers zog sich ein Gürtel von grünem Schilf und Gebüsch hin, sonst war in der ganzen Gegend kaum ein Baum oder Strauch zu sehen.

Sie fuhren der Küste entlang, bis sie nach Ein Gedi, dem bekannten Badeort, kamen. Touristen und Einheimische lagen auf dem Wasser, Arme und Beine von sich gestreckt, und ließen sich von den sanften Wellen treiben.

Carlos, Abraham und Ravi rannten wild spritzend als erste ins Wasser. Das äußerst salzige Wasser brannte in ihren Augen, und die drei heulten und jammerten.

«Ihr müßt aufhören, euch die Augen zu reiben, es wird so nur noch schlimmer», schrie Eli lachend. Er wandte sich an die Umstehenden: «Jede kleinste Wunde brennt und die Kopfhaut juckt, als wärt ihr kopfüber in die Nesseln gefallen. Aber es ist ein unbeschreibliches Erlebnis, das ihr euch nicht entgehen lassen dürft!»

Das Wasser war über dreißig Grad warm und deshalb kaum eine Erfrischung. Aber herrlich war es! Sie kamen sich alle vor wie in einer riesigen Badewanne. Am Ufer schmier-

134

ten sie einander mit dem schwarzöligen Schlamm ein, der zwischen den Steinen zu finden war.

«Gut für eine zarte Haut», kicherte Marie-Louise, «aber nicht besonders passend für eine Schönheitskonkurrenz!»

*

Am nächsten Morgen fuhren sie frühzeitig los, nach Norden. Durch die rauhe Bergwelt der judäischen Wüste näherten sie sich Jerusalem. Unterwegs kamen sie an Nomadendörfern vorbei, später durch arabische Orte. Feindselige Blicke streiften den Bus mit dem gelben israelischen Nummernschild. Die meisten Läden wurden gerade geschlossen; sie waren nur in den Morgenstunden offen. Ab Mittag waren die Straßen leer und verlassen, wie immer während der Streiks, an die sich schon jedermann gewöhnt hatte.

Salim saß mit angezogenen Beinen auf der Bank und blickte scheinbar gespannt hinaus auf die Straße. Er fühlte sich hin- und hergerissen. Dort draußen sind meine Brüder, dachte er bitter, dorthin gehöre ich auch! Und statt dessen sitze ich hier inmitten von Juden aus aller Welt und fahre mit ihnen spazieren! Ich teile mein Leben mit ihnen, wir essen und schlafen zusammen, und das allerschlimmste: Ich habe mich in eine von ihnen verliebt.

Er biß die Zähne zusammen und starrte mit leeren Blicken hinaus, ohne daß er das Geschehen auf der Straße richtig wahrnahm. Er konnte sich keine weiteren Dummheiten mehr leisten und mußte schleunigst aus dieser verzwickten Situation herauskommen. Vor allem mußte er sich vor Amos in acht nehmen! Er traute dem gedrungenen, listigen Russen nicht über den Weg. Bestimmt würde Amos ihn verraten, sollte er hinter seine wahren Gefühle kommen.

Der Anblick der in der Morgensonne schimmernden, goldenen Kuppel des Felsendoms lenkte Salim ab. Auch er war stets wieder überwältigt, wenn er Jerusalem vor sich sah. In ihrer viertausendjährigen Geschichte hat diese Stadt mit dem hebräischen Namen „Stadt des Friedens" wahrlich nicht viele wirklich friedliche Zeiten erlebt.

Gideon steuerte den Kibbuzbus auf der Jericho-Straße hinunter ins Kidrontal, vorbei an einer wundervollen Kirche mit goldenen Zwiebeltürmchen, die aus einem Zypressenhain am Ölberg emporragten. Dann kroch der Bus die steile Ophelstraße hinauf. Über ihnen waren das zugemauerte Löwentor und der moslemische Friedhof zu sehen. Sie konnten die große silberne Kuppel der El-Aqsa-Moschee erkennen, als sie sich dem Mist-Tor näherten. Gideon lenkte das Fahrzeug auf den Parkplatz neben dem Tor.

«Seid vorsichtig und macht keine Dummheiten. Provoziert die Araber nicht, wenn ihr auf den Markt geht, und bleibt in Gruppen zusammen. Wir haben genug Aufregungen auf unserem Ausflug erlebt, habt ihr verstanden!» schärfte ihnen Alon ein.

Natascha hatte sich an Meytals Arm gehängt, und zusammen folgten sie Boris, Amos und Peter. Als Meytal sich umsah, bemerkte sie Salim, der zögerte und zurückblieb.

«Hey, Tamir, komm doch mit uns!» rief sie ihm laut zu, und auch Natascha bat ihn mitzukommen. Widerstrebend schloß er sich ihnen an.

Peter führte sie durch das armenische Viertel, wo einige Läden geöffnet waren. Sie kauften am Straßenrand kalte Getränke und sahen sich die schönen Sachen an, die ihnen ein blauäugiger, schwarzhaariger Armenier freundlich anbot.

Bald spazierten sie weiter. Amos war als letzter aus dem Laden getreten und rannte schwitzend hinter Salim her.

«Nicht angenehm, was deiner Freundin passiert ist», raunte er mit unterdrückter Stimme und atmete heftig, als er den Palästinenser eingeholt hatte. «Wie ist die Kleine wohl dort hingekommen, frage ich mich.» Er schaute Salim lauernd an. «Das war doch genau der Ort, wo wir uns vorher noch gesprochen hatten. Du hast ihr doch nicht etwa zuviel erzählt, oder? Vielleicht ist sie uns auch einfach gefolgt . . .» Er sagte es scheinheilig und blickte schadenfroh in das verschlossene Gesicht des andern.

«Ich könnte mir eher vorstellen, daß du deine dreckigen Pfoten in dieser Angelegenheit drin hattest», fuhr ihn Salim wutentbrannt an.

«Nimm dich in acht! Was du da sagst, ist eine schwere Anschuldigung, und ich verbitte mir solche Frechheiten! Sei froh, daß ich Abdulla nicht erzählt habe, daß du dich in diese Göre verknallt hast!»

«Erzähl doch keinen Quatsch», knurrte Salim mit zusammengebissenen Zähnen. Er grinste gezwungen, als Natascha ihnen etwas zurief und auf einen Gegenstand in ihrer Hand deutete, war aber froh, daß er von Amos Seite wegkam. Dem Kerl könnte ich glatt alle Knochen brechen, dachte er und hatte Mühe, sich zu beherrschen.

Peter und Meytal waren stehengeblieben, um auf die Kameraden zu warten.

«Dieser Tamir ist mir alles andere als sympathisch», gestand Peter plötzlich. «Ich sage dir, das ist ein richtiger Weiberheld! Dazu ist er eingebildet wie ein Pfau. Der hat mir schon nicht gefallen, als er vor zwei Monaten in Revivim auftauchte.» Er senkte die Stimme, als Salim näherkam. «Ich frage mich die ganze Zeit, was ein Kerl wie er in einem Kibbuz zu suchen hat.»

Komisch, durchfuhr es Meytal. Hatte nicht Rivka ihr einmal erzählt, Tamir sei schon viel länger in Revivim? Vielleicht irre ich mich auch. Sie schüttelte den Kopf, wie wenn sie die unangenehmen Gedanken abschütteln wollte. Die andern waren zu ihnen gestoßen, und gemeinsam schlenderten sie weiter. Die Altstadt blieb hinter ihnen, und sie gingen durch einen schattigen Park, entlang den mächtigen Stadtmauern, bis zum Jafa-Tor. Dort standen sie auf dem fast verlassenen Platz vor dem Eingang zum arabischen Markt.

Eine Gruppe junger Soldaten lungerte herum. Ihre Gewehre hielten sie lässig geschultert. Einer pfiff den beiden Mädchen anerkennend nach, als die Volontäre an ihnen vorüberspazierten. Ein paar Taxifahrer warteten auf Fahrgäste, aber außer einem bärtigen Orthodoxen waren keine anderen Leute auf dem normalerweise sehr belebten Platz.

Am Eingang des Marktes sahen sie schon, daß alle Läden geschlossen waren. Die Gasse vor ihnen wirkte wie ausgestorben, fast unheimlich.

Die Soldaten waren ihnen gefolgt. Einer sprach sie an: «Da ist heute nichts zu kaufen. Die Araber streiken. — Woher kommt ihr?» fragte er dann neugierig die hübsche Schweizerin und blickte sie keck an.

«Aus Revivim, einem Kibbuz in der Nähe von Be'er Sheva. Wir sind auf einem Volontärausflug. Aber jetzt sollten wir unbedingt wieder zurück zum Mist-Tor. Und ich weiß nicht so recht . . .»

«Ihr braucht keine Angst zu haben. Die Araber waren recht friedlich während der letzten Tage. Hier in Jerusalem passiert sowieso selten etwas. Ihr könnt problemlos durch den Markt. Zudem gehen wir auch in die Richtung, ihr könnt euch uns anschließen.»

Trotz der Hitze fühlte Salim eisige Kälte, als er den Soldaten sprechen hörte. Die können leicht reden, empörte sich al-

138

les in ihm. Die Soldaten sind bestens ausgerüstet, haben Gewehre und Munition, Knüppel und Tränengasbomben bei sich! Wir, Abna Almhaya-Maat, die Söhne der Lager, haben bloß Steine und Fäuste, mit denen wir gegen sie kämpfen können!

Er beobachtete wütend den vor ihm gehenden Soldaten in seiner saloppen khakifarbenen Uniform, der sich scherzend mit Meytal unterhielt. Ein anderer Soldat schritt hinter ihm, holte ihn jetzt ein und sprach ihn an: «Bist du auch Volontär im Kibbuz, oder wohnst du in Revivim? Ich habe dort eine Bekannte, vielleicht kennst du sie? Sie heißt Lea Weiß.»

«Nein, die kenne ich nicht», antwortete Salim kurz angebunden. Es war ihm unbehaglich zumute in Gesellschaft dieser Soldaten. Einen Moment lang stellte er sich vor, sie würden plötzlich von Palästinensern angegriffen. Solche Militärpatrouillen sind doch das denkbar beste Ziel für unsere Jugendlichen ... Bei Allah, wie soll ich mich dann verhalten? Seine Phantasie gaukelte ihm vor, wie eine Gruppe vermummter Palästinenser sie umzingelte und Steine nach ihnen warf. Es wurde ihm übel von dieser Vorstellung. Doch sie erreichten unbehelligt die Abzweigung zur Klagemauer, und die Soldaten verabschiedeten sich gutgelaunt.

Alle atmeten auf, als sie eine andere Gruppe von Soldaten vor sich stehen sahen, die die Besucher auf Waffen untersuchten und ihre Gepäckstücke begutachteten. Als auch die Volontäre diese Prozedur hinter sich hatten, eilten sie miteinander die Treppe hinunter und erreichten den Platz vor der Klagemauer.

Salim setzte sich etwas abseits auf eine Bank. Er zündete sich eine Zigarette an und schaute dabei hinüber zu den Betenden. Er war noch nie hier gewesen, beim Heiligtum der Juden, und kam sich einmal mehr völlig fehl am Platz vor.

139

Worauf habe ich mich da nur eingelassen, fragte er sich. Er schaute auf die herodianische Mauer da vor ihm und dachte daran, daß diese für Juden heiligen Steine auch die arabischen Heiligtümer, die El Aqsa- und die Omar-Moschee tragen.

Meytal unterbrach seine Gedanken. Sie hatte sich schweigend neben ihn gesetzt, und eine Weile blickten sie nur auf die hohe Mauer.

«Ich weiß nicht, ob du an diesem Ort ähnliche Gefühle hast», sagte sie dann und schaute Salim ins Gesicht. «Mich überkommt hier immer eine gewisse Ehrfurcht. Ich bin so gern in diesem Land und empfinde es als meine wahre, einzige Heimat. In mir erwacht ein Patriotismus, den ich bisher nicht gekannt habe. Es ist doch faszinierend, diese Vielfalt von Völkern, Kulturen und Schicksalen. Und Geschichte, Tradition und Religion scheinen mir so eng verknüpft, daß sie eine Einheit bilden, das eine ohne das andere existiert nicht. Wir werden das Land weiter aufbauen und uns nie mehr vertreiben lassen. Das sind wir der Generation, die in den Konzentrationslagern ausgelöscht wurde, schuldig.»

Meytal blickte nachdenklich. «Was denkst du, Tamir — lebst du nicht manchmal in einem innerlichen Zwiespalt? Ich meine, deine Mutter ist doch Jüdin und dein Vater Araber. In welcher Religion bist du denn erzogen worden?»

Salim durchfuhr es siedendheiß, er wurde unter seiner braunen Haut bleich. Peinlich berührt versuchte er Meytals fragendem Blick auszuweichen.

«Ich besuchte eine gemischte Schule in Be'er Sheva», log er. «Religion spielte in unserer Familie keine große Rolle.»

«Meine Familie ist auch nicht gerade religiös, doch sehr an Traditionen gebunden. Aber hier ist für uns ein spezieller Ort, und es erwachen in einem doch seltsame Gefühle . . .

Verstehst du, was ich meine? Vielleicht bin ich zu sentimental. Aber es interessiert mich, was andere darüber denken», bohrte Meytal weiter.

Salim fühlte sich in die Ecke gedrängt. Seine Stimme klang belegt und er räusperte sich, als er sagte: «Ja, ja, irgendwie habe ich schon eine Art Ehrfurcht in mir, wenn ich hier bin. Es ist eine heilige Stätte, doch mit all dem Drum und Dran und den schwarzen Orthodoxen kann ich wirklich nicht viel anfangen.»

Ein bißchen enttäuscht zündete sich Meytal eine Zigarette an. *Vielleicht ist es, weil ich Zionistin bin. Vielleicht empfindet er, als Sabre[1], nicht dieselben patriotischen Gefühle gegenüber diesem Land wie ich. Und vielleicht bin ich noch voller Illusionen und er ist realistischer.* Sie blickte auf ihre Armbanduhr.

«Oi wawoi[2], es ist ja allerhöchste Zeit, daß wir zum Bus zurückgehen!»

Sie sprang auf, und Salim folgte ihr. Er war froh, daß Meytal endlich Ruhe gab. *Ihr Gerede hatte ihn wirklich nervös gemacht!*

Sie waren die letzten, die beim Bus ankamen, und stiegen rasch zu den anderen hinein. Kurz darauf ging die Fahrt weiter. Sie durchfuhren die hektische, im Verkehr fast erstickende Neustadt Jerusalems und näherten sich den ruhigeren Vorortsvierteln, wo sie in die Straße zum Herzl-Berg einbogen. Ihr nächster Besuch galt dem Museum ,,Jad va Schem"[3]. Auf einem von Kiefern und Laubbäumen um-

---

1) ein im Land geborener Israeli
2) jiddisch: oh je
3) Dokumentations- und Gedächtnisstätte für die Opfer des Naziregimes

rahmten Parkplatz hielt der Bus, und die Insassen stiegen aus, einmal mehr.

Für Salim hörten die Schrecken an diesem Tag nicht mehr auf. Als er merkte, daß sie bei der Gedächtnisstätte der jüdischen Opfer des Zweiten Weltkriegs angelangt waren und alles darauf hinwies, daß sie diese jetzt besichtigen würden, fühlte er, wie ihm die Kälte erneut den verspannten Rücken hinaufkroch. Wie in Trance folgte er den Leuten aus dem Kibbuz durch den Park zum Eingang eines zweistöckigen Gebäudes. Unterwegs nahm er verschwommen die verschiedenen Mahnmale und Zeichen wahr, die den Park säumten, blickte in die von Entsetzten entstellten Gesichter der aus Marmor gehauenen Skulpturen. Geistesabwesend stolperte er zwischen den anderen auf dem Kiesweg dahin.

Das Innere des Gebäudes war für ihn wie ein Alptraum. Sein Denken hatte ausgesetzt. Automatisch trugen ihn seine Füße durch die dunklen Räume, an Bildern des Schreckens vorbei, deren Ausmaß er bisher nicht geahnt hatte. Er schaute auf die Schwarzweißfotos, die schonungslos die unsagbare Qual und das Leid der gemarterten Menschen dokumentierten. Entsetzt starrte er auf Berge von Knochen, Brillen und Kleidungsstücken, die von einst Lebenden noch übriggeblieben waren. Wohin er auch blickte, überall schrien ihm Bilder, Zeichnungen und Photographien entgegen.

Verstört hetzte Salim durch die Halle. Sein Magen rebellierte. Mit Mühe und Not erreichte er die Toilettenräume und stürzte hinein, um sich zu übergeben.

Als er wieder zu den anderen trat, konnte er sich kaum aufrecht halten. Seine Augen brannten, der säuerliche Geschmack im Mund blieb, obwohl er sich gewaschen und Wasser getrunken hatte. Mit versteinerter Miene sah er in die Gesichter der Kameraden ringsum und stellte fest, daß er keineswegs der einzige war, dem es schlecht ging. Dieser Rundgang durch die schwärzeste Zeit der jüdischen Geschichte ergriff alle, keiner blieb unbeteiligt.

Natürlich hatte Salim vom arabischen Schulmeister von der Todesmaschinerie Hitlers gehört. Aber wie alle anderen in der Klasse war er der Überzeugung gewesen, die Juden hätten ihr Elend provoziert, wenn nicht gar verdient. Was er aber hier sah, übertraf alle Vorstellungen.

Was ihn am meisten erschütterte, war die Art und Weise, wie man diese Menschen umgebracht hatte. Sie wurden nicht einfach hingerichtet, nein, sie wurden von ihren Angehörigen getrennt, gequält, als Versuchskaninchen mißbraucht für grauenhafte medizinische Experimente. Und wenn sie tot waren, wurden sogar die Knochen und Zähne und selbst die Haut verwertet. Es war im wörtlichsten Sinn eine Todesmaschine, die inmitten zivilisierter Staaten und Völker präzise funktioniert hatte.

Diese Gedanken verfolgten Salim noch, während sie das Museum verließen und in ein anderes Gebäude eintraten. Sicher, er hatte Bilder des Krieges gesehen und aus nächster Nähe erlebt, was Sterben und Tod bedeuten, das war für ihn nichts Neues. Doch ein Morden und Ausrotten dieser Art und in solchem Ausmaß hatte er niemals geahnt.

Jemand drückte ihm am Eingang der nächsten Halle eine Kartonkappe in die Hand. Wie im Traum setzte er sich die „Kippah"[1] auf den Wuschelkopf. Als sich seine Augen an die Dunkelheit gewöhnt hatten, nahm er vor sich eine Absperrung wahr. Dahinter eine schwarze Fläche. Beim genaueren Hinsehen erkannte er, daß es Marmorplatten mit eingra-

---

1) hebr. Gebetskäppchen

vierten Namen waren. Ein ewiges Feuer brannte dazwischen. Vorne bei der Absperrung lagen Blumenkränze. Farbe als krasser Gegensatz zum Tod, auf die Steine geschrieben:

Bergen Belsen — Mauthausen — Dachau — Theresienstadt — Auschwitz . . .

Die Namen verschwammen vor Salims Augen, er drehte sich um und stürzte hinaus. Der Hall seiner Schritte verfolgte ihn nach draußen, bis er in der heißen Sonne im Park stehenblieb. Wie betäubt ließ er sich auf eine Bank fallen und barg den Kopf in seinen schweißigen Händen.

«Was für eine Gehirnwäsche», stöhnte er und fuhr sich verwirrt durch die zerzausten Haare. Dabei merkte er, daß er immer noch das Gebetskäppchen auf dem Kopf trug. Er ergriff es und knüllte den Karton in der Hand zusammen. Wütend warf er es dann hinter sich ins Gebüsch. Sein Blick schweifte hinüber zu den judäischen Hügelzügen, die zwischen den Bäumen hindurch zu sehen waren. Plötzlich entdeckte er in seiner Nähe eine schaurige Skulptur: Aus schwarzem Eisen hatte ein Künstler einen Stacheldraht geformt, in den sich menschliche Körper verwickelt hatten. Er schaute genauer hin und sah, daß diese eisernen Skelette mit ihren dünnen Armen und Beinen den Stacheldraht aus ihren eigenen Leibern formten.

Ein Schauer fuhr durch seinen Körper. Er schrak noch mehr zusammen, als jemand sich neben ihn setzte. Es war Amos.

«Nimm dich doch ein bißchen zusammen», knurrte der Dicke.

Scheinbar überlegen und unberührt blitzte Salim den Spion kalt an und blickte ihm direkt in die listigen, unergründlichen Augen.

«Sag mal, spinnst du! Was willst du von mir? Ich bin tod-

144

müde, weil ich die ganze Nacht kein Auge zugetan, dann Weiber aus Schluchten geholt habe und den ganzen Tag hindurch altertümliche Geröllhalden und schauerliche Museen anstieren muß . . .» Er hielt inne und sah sein Gegenüber scharf an. Amos wurde unsicher und Salim fuhr zornig fort: «Kaum setze ich mich für einen Moment hin, hängst du mir im Nacken und quasselst Scheiße von Zusammennehmen und so!» Er äffte den Russen gehässig nach: «Nimm dich zusammen, Mensch! — Laß mich gefälligst in Ruhe, hörst du, ich habe im Moment andere Probleme!» Salim blickte rasch in die Runde. «Wie zum Teufel bringe ich jetzt noch etwas aus dieser Frau heraus, wenn sie halbtot im Spital liegt? Kannst du mir das vielleicht verraten, anstatt mich dumm anzuglotzen?!»

Amos beherrschte sich nur mit Mühe. Er glaubte Salim nicht, aber dieser spielte seine Rolle nicht schlecht. Wortlos stand er auf und verließ den Palästinenser.

Salim atmete tief durch, als Amos verschwunden war. Er blieb noch eine Weile sitzen und ging dann zurück zum Busparkplatz.

Marie-Louise warf ihm verspielt einen rotglänzenden Apfel zu, als er sich der Gruppe näherte. Es ärgerte ihn, daß sie jetzt ans Essen denken konnte, und er fand es geschmacklos. Achtlos warf er den Apfel zurück in eine Proviantkiste.

Kurz darauf verließen sie Jerusalem. Gideon steuerte den Bus südwärts. Bald einmal kamen sie nach Bethlehem, und die geschlossenen Läden machten allen deutlich, daß die Palästinenser auch hier streikten. Unheimlich still und verlassen lagen die Straßen vor ihnen in der brennenden Nachmittagssonne, und sie waren erleichtert, als sie aus dem Wohngebiet hinausfuhren. Sie kamen rasch voran, vorbei an den Teichen des Königs Salomon, dann an die Kreuzung von

Kfar Etzion. Da zweigte die Straße zu den Kibbuzim der religiösen Siedler ab.

Als sie eine halbe Stunde später in der Nähe von Hebron waren, hatten alle ein mulmiges Gefühl. Auf dieser Strecke wurden in letzter Zeit viele israelische Autos mit Steinen beworfen. Die Unruhen der Palästinenser hatten sich bis hierher, tief in den Süden des Landes, ausgebreitet.

Sie kamen gerade neben der Machpelah, dem Grab der jüdischen Vorväter, vorbei, da vernahmen sie großen Lärm. Eine Bande von Jugendlichen hatte sich am Straßenrand versammelt und eine Barrikade aus Steinen, brennenden Gummireifen und Baumaterial errichtet. Israelische Soldaten waren eben dabei, unter markerschütterndem Getriller der umstehenden Palästinenserinnen einige Burschen zu zwingen, das Hindernis wegzuräumen. Ein Soldat wies ihren Bus in eine Seitenstraße. Auf diesem Umweg fuhren sie am Geschehen vorbei. Schwarzer, beißender Qualm lag in der Luft und drang ins Fahrzeug. Alle schwiegen und vermieden es, einander anzusehen.

Nach Hebron wurde die Fahrt wieder ruhiger, und sie fuhren durch flachere, sandig-steinige Gebiete zurück in den Negev.

Die Rückfahrt in den Kibbuz verlief ohne weitere Zwischenfälle. Bei Anbruch der Nacht erreichten sie Revivim.

Meytal verspürte keinen Hunger; sie wollte nur so rasch wie möglich Dov anrufen. Sie war beruhigt, als er ihr versprach, morgen nach der Arbeit herüberzukommen und sie zu besuchen. Dann telefonierte sie ins Spital von Kiryat Schmone, um sich nach Rivka zu erkundigen. Eine Krankenschwester erklärte ihr, daß es der Freundin wesentlich besser gehe und daß sie sich keine Sorgen zu machen brauche. Zwar habe Rivka noch immer kein Wort gesprochen, doch das sei auf den Schock zurückzuführen. Es sei verfrüht, sich deswegen zu beunruhigen. Meytal dankte für die Auskunft und hängte den Hörer ein. Dann verließ sie die Telefonzelle und schlenderte zurück in ihr Zimmer. Sie legte sich früh zu Bett und spürte, wie müde sie eigentlich war. In ihrem Kopf aber jagten sich die Gedanken. Sie kam nicht los von dem, was mit Rivka passiert war; und jetzt glaubte sie nicht mehr an einen Unfall. Zum Glück konnte sie morgen mit Dov alles besprechen, bestimmt würde sie sich danach viel besser fühlen.

*

Die neugierigen Blicke ihrer Mitarbeiterinnen folgten ihnen, als Meytal und Dov Hand in Hand den Kindergarten verließen. Sie spazierten gemächlich durch den Kibbuz, während sie ihm schilderte, was passiert war. Bei den Pferdeställen lehnten sie sich an die Holzumzäunung. Eine zierliche, senfbraune Stute näherte sich ihnen neugierig. Ihr folgte ein Fohlen, staksig auf den hohen Beinen.

Dov drehte sich zu Meytal um und blickte ihr nachdenklich ins besorgte Gesicht.

«Glaubst du, daß Rivka irgendeinen Grund hatte, den Kibbuz zu verlassen?»

«Das frage ich mich selbst auch die ganze Zeit», erwiderte Meytal. «Ich kann mir nicht mehr einreden, daß es ein Unfall war. Jemand muß sie dort hinuntergestoßen haben.»

«Das ist genau das, was ich auch annehme», murmelte er. «Aber wir werden bedeutend mehr wissen, wenn wir mit Rivka selbst gesprochen haben. Nur — irgendwen vorschnell zu verdächtigen wäre sinnlos. Oder ist dir jemand speziell aufgefallen?»

«Nein, ich hab wirklich keine Ahnung, wer es sein könnte. Niemandem würde ich so etwas zutrauen», sagte Meytal mit belegter Stimme.

«Holst du Rivka morgen von Be'er Sheva ab?»

«Natürlich. Tamir sagte mir vorhin, er habe einen Wagen auftreiben können, und wir würden sie am Nachmittag abholen. Er telefonierte auch mit dem Arzt in Kiryat Schmone, und der sagte ihm, daß Rivka heute nach Be'er Sheva gefahren werde.»

«Jofi. Was ist mit diesem Tamir?»

«Der ist sicher ganz in Ordnung. Er ist sehr unglücklich über diese Sache. Der arme Kerl kann einem leid tun. Man sieht ihm an, daß er mit seinen Gefühlen kämpft. Er ist doch sonst immer der starke Mann, aber bei Rivka ist das anders. Ich glaube, er hängt sehr an ihr.»

Meytal erzählte Dov, wie mutig Tamir sich in der Unglücksnacht gezeigt hatte.

Eine Weile schwiegen die beiden und schauten den Kapriolen des Fohlens zu, das der Mutter nachstelzte und sich an den Körper der Stute drängte.

«Ich werde Rivka heute abend im Spital besuchen», sagte Dov plötzlich.

«Das ist eine gute Idee. Sag ihr doch, daß wir sie morgen um vier Uhr abholen, wenn sie es noch nicht vom Arzt erfahren hat. Sie soll mich doch im Gan anrufen, wenn sie etwas braucht, was ich ihr mitbringen könnte, beseder?»

Sie blieben noch einige Minuten bei den Pferden, dann kehrten sie zurück zum Ulpanplatz.

*

Gegen Abend betrat Dov das Universitätsspital. Rivka lag in einem Einzelzimmer. Um ihren Kopf war immer noch ein Verband. Den ganzen Tag hatte man sie von einem Untersuchungszimmer ins andere gebracht. Fast apathisch ließ sie die Untersuchungen über sich ergehen und brütete stumpf vor sich hin. Wie von ferne vernahm sie die besorgten Stimmen um sie herum, gab stockend Antwort und fiel wieder in das wattige Dämmern, in dem sie sich seit dem Sturz in die Schlucht befand.

Waren Meytal und Tamir wirklich an ihrem Bett gesessen? Oder hatte sie es sich nur eingebildet? Eine bleierne Müdigkeit lähmte sie. Ihr ganzer Körper brannte. Im Kopf schwirrten ihr Bruchstücke des Geschehens durcheinander, bis sie sich schließlich zu einem halbwegs zusammenhängenden Bild ordneten und ihr ins Bewußtsein drangen. Aber da lief der Film wieder ab, die Schreckensbilder rasten wieder auf sie zu, bis Rivka sich in die dumpfe Leere rettete. Später realisierte sie, daß Dov in ihr Zimmer trat, einen Stuhl herbeizog und sich rittlings an ihr Bett setzte.

«Schalom», sagte er lächelnd und blickte sie besorgt an. «Wie geht's dir?»

Rivka schaute den Freund an. Ihre Lippen versuchten ein zaghaftes Lächeln.

«Tut's sehr weh?» fragte er weiter, als sie keine Antwort gab. «Du hast unheimliches Glück gehabt, weißt du das, Rivka? Wir sind alle sehr froh, daß du noch lebst.»

Rivka schwieg noch immer. Ihr Blick zeigte jedoch, daß sie Dov genau verstand.

«Vielleicht kannst du mir erzählen, wie das alles passiert ist . . .» sagte Dov leise.

Rivka tat ihm leid, sie sah wirklich elend aus. Über ihre Stirn zog sich ein tiefer Kratzer, und die eine Wange war zerschunden. Er wußte, daß sie noch immer Schmerzen haben mußte.

«Ich glaube nicht, daß du von selbst in diese Schlucht hinuntergefallen bist, Rivka. Ich denke eher, man hat dich gestoßen, und ich will jetzt wissen, wer es war», sagte er eindringlich.

Rivka wich seinen Augen aus und starrte an die gegenüberliegende Wand. In ihr tauchten wieder die Bilder auf, die sie ständig verfolgten. Tamirs Gesicht . . . Zum ersten Mal stiegen ihr Tränen in die Augen.

«Wer hat dich hinuntergestoßen?» fragte Dov hartnäckig. Seine Stimme klang heiser.

Rivka schüttelte kraftlos den Kopf. Tränen rannen ihr über die Wangen, und sie ließ ihrem Schmerz freien Lauf.

«Rivka, du weißt, was auf dem Spiel steht. Ich bitte dich, sag mir, wer dir das angetan hat», bat Dov nochmals.

Stumm weinte Rivka vor sich hin. Dov nahm ein Taschentuch aus seiner Hosentasche und wischte ihr behutsam das tränennasse Gesicht trocken.

«Beseder. Du weißt, daß du es mir erzählen mußt, Rivka. Es ist unklug von dir zu schweigen. Aber ich lasse dir Zeit.»

Sanft drehte er ihr Gesicht und beugte sich über sie. Er schaute in die verweinten grünen Augen und sagte mit Nachdruck: «Jemand hat versucht, dich umzubringen, und dem wird es jetzt ganz bestimmt nicht mehr wohl sein in seiner Haut. Er weiß nämlich, daß du den Sturz überlebt hast, und es kann sein, daß er es noch einmal versuchen wird . . . Bist du dir dessen bewußt?»

Eine kalte Hand faßte nach ihrem Herzen, doch die Kehle war wie zugeschnürt, und sie brachte keinen Laut hervor.

Dov stand auf. Als er das Zimmer verlassen hatte, wurde Rivka von einer Welle der Panik erfaßt. Sie konnte Tamir unmöglich gegenübertreten! Er war es doch gewesen, der sie hatte töten wollen! Sie bebte am ganzen Körper.

*

Als Rivka am nächsten Tag aus dem Zimmer auf den Gang trat, stand eine Pflegerin bereit und begleitete sie bis zum Ausgang. Meytal wartete schon und eilte der Freundin entgegen, hinter ihr Salim, zögernd, mit eingezogenen Schultern. Meytal umarmte Rivka herzlich und nahm sie stützend beim Arm. Salim streckte die Hand aus, doch Rivka zuckte zusammen und wich zurück. Etwas befremdet blickte Salim sie an, dann grinste er unbeholfen.

«Schalom. Wie geht's?»

Sie antwortete nicht und ließ sich von Meytal zur Tür führen. Salim überholte sie und kam kurz darauf mit dem Auto auf sie zugefahren. Einen Moment lang packte Rivka wieder nackte Panik, als sie ihn hinter der Windschutzscheibe erkannte. Mein Gott, wenn er jetzt Gas gibt . . . Der Wagen hielt neben den Mädchen, und Salim stieg aus. Er half Rivka auf den Rücksitz. Für einen kurzen Moment berührten sich ihre Gesichter. Seine Haut schien auf der ihren zu brennen. Diesmal wich sie nicht mehr zurück, und Salim ergriff ihre Hand. Er drückte sie aufmunternd.

«Sitzt du bequem?» fragte er besorgt. Seine Augen bettelten um Antwort, doch Rivka blickte stumm zu Boden und nickte nur.

Warum sagt sie nichts, fragte sich Salim während der ganzen Heimfahrt. Schweigend lehnte Rivka im Sitz und hielt die Augen geschlossen. Er beobachtete sie im Rückspiegel und verstand ihr Verhalten nicht. Ob sie wohl gehört hatte, was Amos zu ihm gesagt hatte, grübelte er vor sich hin. Wieviel wußte sie, und was würde sie mit diesem Wissen anfangen?

Plötzlich war es Salim in ihrer Gegenwart nicht mehr wohl. Gleichzeitig fühlte er sich so stark zu ihr hingezogen, daß es ihn schmerzte. Scheinbar gleichmütig lenkte er das Auto in die Einfahrt zum Kibbuz. Meytal half Rivka beim Aussteigen.

«Ist es dir recht, wenn ich für ein paar Tage bei dir wohne? Ich glaube, du kannst meine Hilfe brauchen.»

«Ken. Das glaub ich auch», sagte Rivka mit leiser Stimme und nickte dankbar.

Meytal nahm ihr im Zimmer die Jacke von den Schultern und sah sich nach Tamir um. Er war verschwunden, wahrscheinlich um das Auto wieder zurückzubringen, dachte Meytal.

«Am besten, du gehst gleich ins Bett und ruhst dich richtig aus. Morgen geht es dir bestimmt schon besser.»

Sie zog Rivka ein weites Hemd über, das die häßlichen Schürfungen und blauen Flecken verbarg.

Der Kumkum[1] pfiff, und Meytal wandte sich ab, um Tee zuzubereiten. Hinter sich hörte sie, wie Rivka nochmals aufstand und ins Bad ging. Dann klopfte es zaghaft an der Tür.

Es war Salim.

«Komm doch rein, Tamir.» Meytal deutete mit dem Kopf zum Badezimmer. «Rivka ist im Bad.»

«Wie geht's ihr? Schaffst du es allein?»

Meytal nickte. «Bleib doch einen Moment hier, damit ich noch ein paar Sachen aus meinem Zimmer holen kann», bat sie.

---

1) elektrischer Wasserkochtopf

152

Etwas zögernd setzte sich Salim auf einen Stuhl. Minuten später trat Rivka aus dem Bad. Sie stutzte und schaute sich fast gehetzt nach ihrer Freundin um.

«Meytal ist rasch weggegangen, um etwas zu holen», sagte Salim mit belegter Stimme. «Komm und setz dich doch, du kannst dich ja kaum auf den Beinen halten! Hast du Schmerzen?»

Seine Bernsteinaugen blickten sie weich und besorgt an. Etwas hielt ihn davon ab, einfach aufzuspringen und sie in die Arme zu schließen. Doch nie wäre Salim auf den Gedanken gekommen, daß sie sich vor ihm fürchtete.

Endlich gab sich Rivka einen Ruck und ging zögernd auf ihn zu. Plötzlich fühlte sie sich müde und kaum mehr imstande, aufrecht zu stehen. Die Erschöpfung ließ auch den Widerstand gegen Tamir erlahmen. Sie sank neben ihm aufs Bett. Als er sie anschaute, lag in ihren Augen eine seltsame Trauer, die er nicht zu deuten wußte und die ihn ganz hilflos machte.

Warum, wollte Rivka fragen, warum willst du mich töten, Tamir? Wer bist du wirklich, was spielst du für ein Spiel und auf welcher Seite stehst du überhaupt? Doch über ihre Lippen kam kein Laut.

*

Einige Tage vergingen, und Rivka fühlte sich einigermaßen wohl. Zwar schlief sie noch oft, doch dazwischen stand sie auf, zog sich alleine an und saß manchmal draußen vor dem Häuschen auf dem Rasen. Die einheimische Krankenschwester kam täglich, um die Verbände zu wechseln und die Wunden zu behandeln. Zweimal fuhr Rivka zur Untersuchung ins Spital nach Be'er Sheva. Dort äußerten sich die Ärzte sehr zufrieden über ihren Gesundheitszustand.

Rivka war wortkarg geworden, und es bereitete ihr Mühe, mit anderen Menschen zusammenzusein. Von ihrem Unfall sprach sie nie. Sie zog sich zurück in ihr Schweigen und kapselte sich ab. Sogar Dov gegenüber blieb sie stumm. Sie wußte, er glaubte ihr nicht, daß sie von selber in den Abgrund gestürzt war. Als er weiterbohrte, wurde sie grob, und er ließ sie in Ruhe. Auch Salim ging sie wo immer möglich aus dem Weg. Doch eines Abends sagte sie zu Meytal, sie wolle am nächsten Nachmittag wieder ausreiten.

«Glaubst du nicht, daß das ein wenig verfrüht ist, Rivka? Fühlst du dich schon wieder stark genug, um auf einem Pferd zu sitzen? Warte doch noch einige Tage damit», bat Meytal besorgt.

«Ich bin okay, keine Sorge», beruhigte Rivka ihre Freundin und Salim, der mit gekreuzten Beinen auf der Türschwelle saß und den Kumkum reparierte.

Er versprach, ihr morgen Cocheese zu satteln und sie zu begleiten.

«Natürlich werde ich nicht gleich ein Wettrennen veranstalten. Aber ich bin sicher, daß es geht. Zudem arbeite ich auch wieder halbtags in der Mattah, also kann ich ebensogut wieder reiten.»

Als Salim am nächsten Nachmittag zu Rivkas Zimmer ritt und den rötlich glänzenden Wallach an den Zügeln mitführte, wußte Amos, daß Salim mit Rivka ausreiten wollte. Stirnrunzelnd beobachtete er die beiden. Wenn Salim erfuhr, daß er . . . Dringend mußte er etwas unternehmen! Kurz entschlossen ging er in sein Zimmer zurück. Er wußte Vladimir bei der Arbeit. Und es war nicht das erste Mal, daß er dessen Funkgerät benutzte.

Wenig später tobte Abdulla wieder einmal in seinem Büro in Kairo. Er bellte kurze, gehässige Befehle, und die Männer,

die er sofort nach Erhalt von Amos Nachricht zusammenge-
trommelt hatte, mußten die Anweisungen wiederholen.

Die Mühlen fingen an zu mahlen, als die drei finster
blickenden Gesellen sich aus Abdullas Büro entfernten. Erst
jetzt ließ sich ihr Chef in seinen Ledersessel zurückfallen.
Zwischen den buschigen schwarzen Augenbrauen hatte sich
eine steile Falte gebildet, und er trommelte nervös mit seinen
beringten Fingern auf die Schreibtischplatte. Und laut sagte
er: «Dieser Scheißkerl wird uns diese Sache nicht auch noch
vermasseln. Salim, deine Stunden sind gezählt!»

*

Salim und Rivka ritten gemächlich aus dem Kibbuz. Sie waren einander so nahe, daß Rivka nur an eines denken konnte:
derselbe Weg wie damals, als wir uns zum ersten Mal geliebt
haben. Die Erinnerung tat ihr weh, und sie wandte das Gesicht ab.

Auch Salim ritt mit zwiespältigen Gefühlen neben seiner
Freundin her. Ab und zu blickte er besorgt zu ihr hinüber,
sagte aber nichts. Er ahnte, daß sie ihm etwas mitteilen wollte und er ihr Zeit lassen mußte. Sie näherten sich dem Mizpe,
und dort stieg Rivka mit steifen Gliedern aus dem Sattel.
Auch Salim saß ab.

«Wollen wir uns hier etwas ausruhen, Motek?»

«Ken.»

Rivka band die Zügel des Wallachs an einer Stange fest,
die aus der Ruinenmauer ragte. Dann schritt sie langsam
über den steinigen Boden, hinüber zu einem Unterstand, der
noch aus den Tagen des Unabhängigkeitskrieges stammte.
Dort setzte sie sich gegen einen ausgebeulten, staubigen
Sandsack in den Schatten. Sie behielt Salim, der sich erwar-

155

tungsvoll näherte, im Auge. Sie mußte von Tamir jetzt die Wahrheit erfahren!

Salim setzte sich neben sie und grinste etwas unsicher.

«Fühlst du dich in Ordnung?»

«Beseder», seufzte sie.

Er schaute sie an. Fast bedächtig hob er seine Hand und streichelte mit den Fingern zart über ihre bleichen Lippen. Rivka ließ es geschehen. Sie schluckte leer und atmete tief durch.

«Tamir, du weißt, daß es kein Unfall war, als ich in die Schlucht hinunterstürzte», fing sie an und blickte ihm so selbstsicher und beherrscht wie sie nur konnte in die Augen.

Salims Finger hielten abrupt inne. Erschrocken starrte er sie an — Rivka schien ihm plötzlich meilenweit entfernt zu sein. Endlich setzte er zum Sprechen an: «Du . . . du glaubst doch nicht etwa . . . Du willst mir doch nicht erzählen, daß jemand dich . . .?»

«Ich will damit sagen, daß jemand mich umbringen wollte.»

«Du bist ja verrückt!» stieß Salim keuchend hervor und wollte nach ihrem Arm fassen.

Da zuckte Rivka zurück. Und jetzt begriff er: Rivka verdächtigte ihn! Sie glaubte, daß er sie hatte umbringen wollen!

«Mein Gott, das kann doch nicht wahr sein . . .» flüsterte er heiser. Sein Gesicht wurde aschfahl. «Um Himmels willen, Rivka! Wie kommst du nur darauf, daß man dich . . .» Er zögerte mit dem Wort, aber dann sprach er es doch aus: «. . . töten wollte!»

«Ich weiß es. Und du weißt es auch! Hör doch endlich auf mit der verdammten Lügerei!» Ihre Stimme klang schrill und überschlug sich, und ihr Gesicht brannte vor Enttäuschung und Haß.

156

«Was willst du damit sagen —» brüllte er plötzlich.

Rivka zuckte zusammen. Mühsam suchte sie sich zu beherrschen. «Wer bist du, Tamir?» fragte sie schneidend.

«Was soll das heißen, wer bist du! Und was zum Teufel willst du von mir? Wessen beschuldigst du mich? Du denkst doch nicht etwa, daß ich . . .»

«Genau das glaube ich», schrie Rivka zurück und rückte instinktiv von ihm weg. In ihrem Gesicht stand eiserne Entschlossenheit, als Salim verständnislos den Kopf schüttelte. Wieder streckte er die Hand nach ihr aus.

«Rühr mich nicht an!»

Mitten in der Bewegung hielt er inne. Einen Augenblick lang schloß er die Augen und lehnte sich schweratmend gegen den Sandsack in seinem Rücken. Dann blickte er auf und sah ihr offen ins Gesicht.

«Das ist nicht wahr, Rivka. Ich wollte dich nicht umbringen, glaub mir, ich war es nicht.» Seine Stimme klang müde, aber gefaßt. «Ich glaube, du leidest noch immer unter dem Schock. Du bildest dir das alles ein. Bitte, Rivka, nimm dich zusammen. Ich verstehe sehr gut, daß du ein grauenhaftes Erlebnis hattest — doch daß dich jemand umbringen wollte, ist völlig absurd, unmöglich. Du mußt dir das einbilden!»

Er wollte sie beruhigen, aber er spürte, daß er sie nicht überzeugen konnte. Er holte tief Atem und fragte: «Warum bist du denn mit deinen Vermutungen nicht zur Polizei gegangen, wenn du so überzeugt davon bist?»

Er rückte etwas näher an sie heran. Seine Hand berührte zaghaft ihre Wange.

«Wie kommst du nur darauf, daß ich es sein sollte, der dich . . . nun, der dir etwas antun wollte? Weißt du denn nicht, daß du mir ganz und gar nicht gleichgültig bist? Ich dachte, ich hätte dir gezeigt, daß ich dich liebe . . .»

Sie blickten sich an und dachten beide dasselbe: Was hat er da gesagt? Sie hatten nie über Liebe gesprochen.

«Sag das bitte noch einmal.» Rivkas Stimme war nur ein heiseres Flüstern.

«Ich liebe dich.»

«Und du hast mich nicht dort in den Abgrund gestoßen?»

«Ich schwöre, ich war's nicht.»

Rivka mußte sich vorbeugen, um ihn zu verstehen. Mit einem Seufzer lehnte sie sich an seine Schultern und weinte vor Erleichterung. Liebevoll streichelte er über ihr langes, blondes Haar. Er hielt sie in den Armen und spürte deutlich, wie hin- und hergerissen sie war. Daß Amos seine Hand im Spiel haben könnte, hatte er immer geahnt. Jetzt war es bestätigt. Und er befürchtete, daß er und Rivka jetzt in Gefahr waren. Es kam ihm auch seltsam vor, daß er seit dem Ausflug nichts mehr von seinem Arbeitgeber mehr gehört hatte. Vielleicht waren die Mörder bereits unterwegs. Er versuchte das dumpfe Gefühl in seiner Magengrube zu verdrängen. Doch es blieb, bis sie sich erhoben und sich auf den Rückweg machten.

Unterwegs sprachen sie kaum. Sanfte Dämmerung lag wie ein Schleier über der Landschaft, als sie beim Kibbuz ankamen. Rivka war müde, ihr Körper schmerzte, und sie wollte sich nur noch hinlegen. Salim versprach, später bei ihr vorbeizukommen, und verabschiedete sich.

«Hallo», begrüßte Meytal Rivka, als diese durch die Tür ins Zimmer trat. «Du siehst müde aus, willst du eine Tasse Kaffee?»

«Gern.»

Seufzend ließ sich Rivka aufs Bett fallen und schloß die Augen.

«Was ist los, fühlst du dich nicht gut?» fragte Meytal besorgt und setzte sich neben Rivka auf die Bettkante.

«Ich habe Angst, daß mich jemand umbringen will.» Rivkas Stimme hatte auf einmal ihren Klang verloren.

«Das ist doch nicht dein Ernst!» entfuhr es Meytal, aber gleichzeitig fühlte sie sich erleichtert. Forschend blickte sie die Freundin an.

Endlich räusperte sich Rivka, und mit ausdrucksloser Stimme schilderte sie, wie es zum Absturz gekommen war und was sie dann durchgemacht hatte. Sie ließ nichts aus, erzählte von Amos und Tamir, die sie im Kibbuz beobachtet hatte, und von der schrecklichen Nacht in Misgav Am.

Dann schwiegen die beiden und starrten gedankenverloren vor sich hin.

Endlich sagte Meytal: «Eigentlich habe ich so etwas Ähnliches erwartet. Ich konnte nie so recht glauben, daß es ein Unfall war. Jetzt kann ich auch dein Verhalten Tamir gegenüber verstehen. Du warst oft gräßlich zu ihm, ich hab mich über seine Engelsgeduld gewundert!» Sie schaute Rivka ernst an. «Sicher weißt du selber, daß Tamir seit deiner Rückkehr nach Revivim hundertmal Gelegenheit gehabt hätte, dir etwas anzutun! Ganz bestimmt auch heute wieder. Ich glaube nicht, daß es Tamir war.»

«Ja, jetzt glaube ich ihm auch.»

«Was wirst du jetzt tun?»

«Ehrlich gesagt, ich weiß es nicht. Es muß da etwas sein zwischen Tamir und Amos, und das macht mir angst. Aber ich habe keine Ahnung, wie es weitergehen soll. Ich weiß nur eines: Ich liebe Tamir wie . . . Nein, es ist wirklich nicht bloß oberflächlich. Vielleicht ist er Araber, vielleicht sogar auf der anderen Seite und ein Feind . . . Ich weiß es nicht und möchte es niemals wissen», stieß sie leidenschaftlich hervor. Dann seufzte sie. «Ich weiß überhaupt nicht mehr, wo mir der Kopf steht.» Sie schwieg.

«Ich glaube, wir sollten Dov alles erzählen», sagte Meytal endlich.

«Meinst du?»

*

Als Meytal Dov am nächsten Tag besuchte, begann sie ohne Umschweife, ihm die ganze Geschichte zu erzählen. Dov überlegte angestrengt, bevor er zu sprechen anfing.

«Meytal, gestern nacht war ich in Jerusalem bei einem Freund. Ich hatte schon etliche Zeit die Befürchtung, daß mit Tamir etwas nicht in Ordnung ist. Deshalb erhielt ich Einblick in ein Fotoarchiv mit Bildern von Mitgliedern der PLO und deren engsten Sympathisanten. Jetzt weiß ich, daß man Tamir auf Rivka angesetzt hat. Er gehört der PLO an. Und sehr wahrscheinlich arbeitet diese mit den Kommunisten zusammen. Deshalb der Kontakt mit Amos.»

In Meytals Kopf arbeitete es fieberhaft. Langsam setzten sich die vielen Puzzlesteinchen zu einem unzweideutigen Bild zusammen. Mit einem Mal sah sie ganz klar, daß es nur Amos sein konnte, der Rivka hatte umbringen wollen.

«Großer Gott, was tun wir jetzt?»

«Zweifellos ist Rivka in Gefahr. Anscheinend hat sich Tamir wirklich in sie verliebt und ist jetzt in einer gefährlichen Zwickmühle. Wenn seine Auftraggeber dahinterkommen, hat der Junge keine Chancen, alt zu werden . . . Wahrscheinlich sind sie jetzt schon hinter ihm her», sagte Dov zögernd.

«Wir haben ihre Pläne durchschaut. Das scheinen sie zu wissen. Ihr ganzes Unternehmen steht auf dem Spiel, sie können alles verlieren. Aber jetzt ist es nicht mehr an uns, zu reagieren. Die Situation ist zu gefährlich und erfordert die Weiterführung durch Profis.»

«Du meinst, der Mossad wird sich jetzt einschalten?»

«Genau. Meytal, hör mir gut zu. Du mußt versuchen, Rivka den Ernst ihrer Lage klarzumachen. Sie scheint nicht zu wissen, in was für einer Gefahr sie schwebt.»

«Was passiert mit Amos?»

«Der wird sich ganz bestimmt schön still halten. Ich vermute, daß er nichts unternimmt, denn auch er ist gefährdet und kann auffliegen. Eigentlich bin ich überzeugt, daß sich in den nächsten Tagen etwas ereignen wird, was Licht in die Angelegenheit bringt, es ist alles so gespannt und explosiv, mir ist, als knistere die Luft!»

«Glaubst du, sie werden versuchen, Tamir umzubringen? Und Rivka? Dov, ich habe Angst um die beiden.»

«Nur ruhig bleiben, Meytal. Unsere Leute sind in der Nähe. Am besten gehst du wieder zurück in den Kibbuz und sprichst mit Rivka.»

*

«Bist du als Junge auch schon geritten, Tamir?»

«Nein, leider nicht», sagte er und hielt gerade noch rechtzeitig die Bemerkung zurück, daß er erst in Libyen reiten gelernt habe.

Rivka fragte nicht weiter, sondern zog sich in den Sattel. Salim folgte dicht hinter ihr, als sie die Böschung hinunter aus dem Kibbuz ritten. Auf einem Hügel hielten sie eine Weile später die Pferde an und genossen die herrliche Aussicht.

«Diese Weite, sie gibt mir ein Gefühl, als könnte ich die ganze Welt umarmen! Es ist so friedlich hier, so still, und man kommt sich vor, als würde die Zeit nie vergehen. Nichts mehr ist wichtig hier.»

«Ja, mir geht es genauso. Ich liebe die Wüste über alles.»

In der Ferne wuchs eine Staubwolke, die sich ihnen langsam näherte.

«Sieh mal, da fährt einer wie ein Irrer durch die Gegend.» Rivka grinste.

«Der hat ja auch keinen Gegenverkehr», scherzte Salim.

Das Fahrzeug war jetzt nahe genug, so daß man darin drei Männer erkennen konnte. Der Jeep steuerte genau auf den Hügel zu.

Salim richtete sich im Sattel steil auf. «Da stimmt doch etwas nicht . . .» murmelte er und war einen Augenblick wie gelähmt. Einer der Männer hielt ein Gewehr in den Händen, und richtete es jetzt auf die beiden Reiter.

«Rivka!» schrie Salim in Panik — da krachte auch schon der erste Schuß.

Entsetzt riß Rivka Cocheese herum und sie preschten hintereinander die andere Seite des Hügels hinunter. Unter den Hufen der galoppierenden Pferde spritzten Steine und Sand auf, als sie in wilden Sprüngen vorwärts rasten. Salim duckte sich instinktiv, als der zweite Schuß durch die Luft fetzte, knapp an seiner Schulter vorbei. Er blickte hinter sich, sah Rivka, die sich an Cocheese klammerte, die Augen weit aufgerissen.

Der Jeep mit den Verfolgern kurvte um den Hügel herum, und Salim sah deutlich, wie der Mann mit der Waffe darin aufrecht stand, sich mit einer Hand am Überrollbügel festhielt und mit der anderen auf sie zu zielen versuchte. Salim benötigte seine ganze Kraft, um die Stute auf den Weg zum Wadi zu dirigieren. Er wußte, daß es nur einen Übergang gab, den sie gefahrlos durchreiten konnten. Außer an dieser Stelle zog sich dem Wadi entlang ein unüberwindlicher Steilhang. Er betete, daß Rivka ihm folgte und die Gefahr, die ihnen von dieser Seite her drohte, richtig einschätzte.

Der Jeep kam immer näher. Schüsse fielen, und es war ein Wunder, daß keiner traf. Salim hörte ein paar Mal, wie knapp die tödlichen Geschosse an ihm vorbeizischten.

Endlich sah er vor sich den schmalen Durchgang im Fels und lenkte Su direkt darauf zu. Rivka und Cocheese folgten dichtauf. Ein schneller Blick zurück: Der Fahrer des Jeeps sah den Durchgang erst in letzter Sekunde. Fluchend bremste er scharf, und es gelang ihm gerade noch, den Wagen vor dem Abgrund schleudernd anzuhalten. Dadurch verloren die Araber kostbare Zeit. Wütend fuhren sie zum Engpaß und rasten hinunter ins Wadi.

Salim und Rivka waren bereits auf der anderen Seite und hetzten die Pferde den steilen Hang wieder hinauf. Cocheese stampfte und keuchte wie ein altes Streitroß, als er über die Ebene auf den alten Mizpe zugaloppierte. Salim versuchte ihre Chancen abzuschätzen. Über das flache Land zurück zum Kibbuz war es noch eine weite Strecke, und er ahnte, daß es ihnen niemals gelingen würde, sie unversehrt zurückzulegen. Die Verfolger hätten ein leichtes Spiel und würden sie abknallen wie Kaninchen. Zudem ließen Cocheeses Kräfte deutlich nach. Weißer Schaum spritzte aus seinem Maul, und der Schweiß näßte seinen massigen Körper. Es blieb ihnen keine andere Wahl, als sich im Mizpe zu verstecken.

Bevor der Killer im Jeep wieder auf sie zielen konnte, ritten sie durch die schmale Lücke im Zaun auf das Areal des Mizpe. Dort sprang Salim atemlos aus dem Sattel, war mit einem Satz bei seiner Freundin und umfaßte keuchend ihre Hüften, als sie erschöpft am Pferd hinabglitt. Er riß sie an der Hand in den Innenhof des ehemaligen Lazaretts. Hinter sich hörten sie den Jeep an der Umzäunung des Mizpes bremsen. Der Durchgang reichte knapp für ein Pferd, doch ein Auto stand vor einem unüberwindbaren Hindernis.

Salim zog Rivka mit sich. Dann stürzte er eine Holztreppe hinauf, Rivka ihm nach. Oben war eine dunkle Kammer. Schwer atmend blieben sie stehen und lehnten sich an die kühle Steinwand. Doch schon hörten sie draußen im Hof die Schritte der Verfolger. Gehetzt blickte sich Salim um. Oben in der Decke des Raumes gähnte ein Loch, darüber war nur Himmel, bereits rötlich. Er bedeutete Rivka, hinauf aufs Dach zu steigen. Mit letzter Kraft erklomm sie die eisernen Sprossen und verschwand in der Luke. Salim blickte vorsichtig über die Mauer in den Innenhof. Dort suchten die drei Araber systematisch hinter allen Türen, die sich auf den Seiten befanden. Es gab keinen Ausweg, die Männer würden sie bald aufspüren!

Salim kletterte ebenfalls die Sprossen empor, schwang sich aufs Dach. Rivka kauerte in einer Ecke. Die Hände hatte sie vors Gesicht geschlagen. Er näherte sich ihr gebückt und umarmte sie.

Herrisch hallte eine Stimme zu ihnen herauf. «Salim, komm raus, du Verräter! Du entkommst uns nicht! Bring deine blonde Hure gleich mit! Sonst knallen wir eure Pferde ab!»

Rivka weinte unterdrückt. Salim streichelte ihr Haar und löste sich dann von ihr. Langsam richtete er sich auf und wagte einen Blick über die Mauer. Die Kugel verfehlte ihn nur um Zentimeter und prallte neben seinem Gesicht an der Steinmauer ab. Blitzartig warf Salim sich neben Rivka auf den Boden. Er schwitzte vor Angst.

«Salim, ich hol dich herunter, wenn du in einer Minute nicht hier stehst», brüllte der Araber mit wutverzerrter Stimme.

Plötzlich war da noch ein anderes Geräusch. Es klang, als ob sich dem Mizpe ein Fahrzeug näherte. Die Stimme unten verstummte. Deutlich hörten Salim und Rivka, wie ein Auto in der Nähe anhielt. So wie der Motor dröhnte, mußte es ein schweres Fahrzeug sein — vielleicht ein Bus? Rivka wußte, daß der Mizpe ein beliebtes Ausflugsziel in dieser Gegend war. Fast täglich kamen Reisegruppen hierher. Jetzt hoffte und betete sie mit geschlossenen Augen, daß dies der Fall war.

Tatsächlich — der Ruine näherte sich eine Gruppe von Touristen!

Eben betraten sie das Gelände. Salim beobachtete die drei Araber, die unschlüssig herumstanden und sich zu beraten schienen. Der eine riß Su, die ungebärdig den dunklen Kopf schüttelte, immer wieder am Zügel. Das Gewehr hielt er auf den Boden gerichtet.

Salim stand auf und starrte zu ihnen hinunter. Einer der Männer zeigte auf ihn und schüttelte wütend die Faust. Der andere, der die Stute zu bändigen versucht hatte, schlug ihr jetzt grob mit der Faust zwischen die Augen und ließ sie los. Su wieherte erschrocken, drehte sich auf der Hinterhand um und sprengte aus dem Hof.

Auch Rivka richtete sich auf. Salim bedeutete ihr, sich hinter ihm zu halten. Zusammen schauten sie den Reisenden zu, die sich im Hof um den Gruppenleiter scharten und ihm aufmerksam zuhörten.

Die Araber entfernten sich. Beim Jeep angekommen, stiegen sie ein und fuhren davon.

Erleichtert atmeten die beiden auf dem Dach auf. Salim nahm Rivka bei der Hand und führte sie zur Luke. Draußen vor der Ruine fanden sie die beiden Pferde, die nervös wieherten. Salim half Rivka in den Sattel.

Bevor sie sich aus dem Mizpe wagten, blickten sie sich nach allen Seiten um, aber sie konnten ihre Verfolger nirgends entdecken. Unbehelligt ritten sie zurück in den Kibbuz. Dort versorgten sie schweigend die Tiere und gingen dann hinüber zu Salims Zimmer. Er wartete nicht, bis Rivka eingetreten war, sondern holte unter seinem Bett eine Tasche hervor. Sofort begann er seine Kleider aus dem Schrank zu räumen.

Rivka schloß hinter sich die Tür.

«Was tust du da?» fragte sie erstaunt.

«Ich packe meine Sachen», sagte er kurz. Seine Stimme klang verkrampft.

«Wohin willst du, Tamir?»

«Ich weiß es nicht», antwortete er aufrichtig und fuhr mit Packen fort.

«Ich werde dich begleiten», sagte Rivka entschlossen.

«Das wird nicht gehen . . .» Salim sagte es zögernd und drehte sich zu ihr um.

«Und ob das geht! Ich komme mit.»

Er widersprach nicht und ließ es auch zu, daß sie ihm sein Waschzeug aus dem Bad holte und es zu seinen Sachen legte.

Draußen war es dunkel geworden, aber Salim machte kein Licht.

«Ich muß ebenfalls einige Dinge zusammenpacken. Bitte komm mit, Tamir. Ich möchte nicht, daß du mich allein läßt, nicht jetzt», bat sie.

Salim hatte keine Ahnung, wie es weitergehen sollte. Aber im Moment war es ihm auch nicht wichtig. Irgendwie fühlte er sich erleichtert, daß Rivka sich entschlossen hatte, ihn zu begleiten. Er wußte, daß sie beide in Gefahr schwebten und es besser war, wenn sie zusammenblieben und aus Revivim verschwanden.

Schweigend gingen sie hinaus in die Nacht. Sie betraten Rivkas Zimmer, und sie packte das Allernotwendigste zusammen. Dann verschwand sie im Bad. Sie schloß wie unabsichtlich die Tür, dann suchte sie fieberhaft nach einem Kugelschreiber. Sie fand nichts anderes als Meytals Schminkstift und kritzelte mit großen Buchstaben hastig an den Spiegel: ‹Tamir und ich müssen verschwinden. Araber sind hinter uns her!›

Eiligst verließen Salim und Rivka Minuten später das Zimmer. In der Nähe des Haupteingangs hatten sie einige Fahrräder gesehen, behändigten zwei und fuhren nun vom Kibbuz weg. Eine Weile radelten sie in der Dunkelheit auf der Straße nebeneinander her. Sie hatten die Lichter ausgeschaltet, wollten sichergehen, daß sie nicht gesehen würden. Die Straße war kaum befahren, und wenn sie von weitem die Scheinwerfer eines Autos herannahen sahen, suchten sie Schutz hinter Büschen oder Felsen.

Nach einer halben Stunde erreichten sie die Kreuzung bei der Hauptstraße. Salim bremste; er hatte keine Ahnung, wohin er sich wenden sollte. Rivka fuhr an ihm vorbei und winkte ihm, ihr zu folgen. Als er sie eingeholt hatte, fragte er: «Wohin willst du, Rivka?»

«Bitte, Tamir, vertrau mir. Ich habe einen Freund in Be'er Sheva. Dort werden wir fürs erste bleiben können, und wir sind sicher.»

Ihr war plötzlich klargeworden, daß sie zu Dov mußten. Es gab im Moment keinen anderen Ort in erreichbarer Nähe, wo sie sich verstecken konnten. Und sie erinnerte sich an Meytals Worte: Du kannst uns vertrauen und jederzeit zu uns kommen.

Es war schon ziemlich spät, als sie die Hauptstraße verließen und über einen steinigen Weg unterhalb der Straße holperten. Sie gelangten zu einem Eukalyptushain und hielten zwischen den Bäumen an.

«Ist es dir recht, wenn wir uns hier einen Augenblick ausruhen? Mir tut alles weh und ich bin fix und fertig», gestand
Rivka.

Salim war einverstanden, und sie lehnten die Räder an einen Baum. Daneben ließ sich Rivka auf die Erde nieder und
wartete, bis er sich im Dunkeln zu ihr hintastete. Sie
schmiegte sich an ihn.

Nach einer Weile seufzte sie tief.

«Die Araber haben dich Salim gerufen . . . Ist das dein
richtiger Name?»

Sie versuchte, seinen Blick festzuhalten.

«Ken.»

«Weißt du, warum sie uns erschießen wollten?»

«Ken.»

Gespanntes Schweigen stand zwischen ihnen. Dann platz-
te er heraus:

«Ich bin Palästinenser, Rivka!»

«Ich weiß», sagte sie ausdruckslos.

«Und trotzdem bist du jetzt hier?»

«Ken.»

«Aber in Revivim war ich einzig und allein, um dich auszuquetschen, um Amos den Rücken zu decken und euch irre-
zuführen!»

«Das ist mir inzwischen auch klargeworden.» Rivkas
Stimme klang unbeeindruckt, und sie fuhr ihm mit der
Hand durch die zerzausten Locken.

«Und trotz allem wolltest du mich begleiten . . .» Er konnte sein Erstaunen nicht verbergen.

«Ich liebe dich», erwiderte sie einfach.

Salim drehte ihr Gesicht zu sich und küßte sie lange und
innig. «Weißt du, daß ich dich gehaßt habe», sagte er, nachdem er wieder zu Atem gekommen war. «Ich hab dich ge-

haßt, weil du Israelin bist und zu unseren Besetzern ge-
hörst.»

«Vielleicht kann ich dich sogar verstehen. Bitte erzähl mir
von dir.»

Zögernd begann Salim mit seiner wahren Geschichte. Er
erzählte ihr von seiner Kindheit, von der Armut und der Verzweiflung, unter der seine Familie gelitten hatte, schilderte
ihr die Umgebung und das Lager, wo er aufgewachsen war
. . . und von Chassans Tod. Nichts beschönigte oder verschwieg er. Rivka erfuhr von seiner Wut und von dem Haß,
der ihn ins Lager der PLO getrieben und von den Strapazen,
die er in Libyen erduldet hatte, aufgepeitscht und angesta-
chelt von dem einen Gedanken: die Juden aus Palästina zu
vertreiben. Mit glühenden Augen klärte er sie über den
Kampf der Palästinenser auf.

«Wir brauchen einen eigenen Staat. Die Regierungen der
arabischen Länder haben uns immer nur benutzt. Arafat
und Konsorten fahren ihre Mercedes und steigen in den teu-
ersten Hotels überall in der Welt ab, sie schwimmen im Geld.
Und uns geht's dreckig!» Er atmete schwer und klammerte
sich an Rivkas Hand, so daß es sie schmerzte, aber sie unterbrach ihn nicht.

«Ich weiß, daß die Israelis sehr besorgt sind wegen unseres
Aufruhrs. Ich kann's auch verstehen. Unsere Jungs in den
Lagern sind voller Begeisterung über ‚alkifah al watani‘, den
nationalen Kampf. Sie haben nichts zu verlieren, schlimmer
als heute kann es uns kaum mehr gehen! Aber gleichzeitig
befürchte ich, daß wir keine großen Chancen haben, unseren
Kampf jemals zu gewinnen», schloß er müde.

Eine Weile schwiegen beide bedrückt.

«Was fühlst du jetzt, wo dich deine Leute als Verräter und
Kollaborateur jagen?»

«Ich weiß es nicht. Es ist alles so verworren und plötzlich so . . . Obwohl ich schon nach deinem Unfall ahnte, daß sich alles ändern würde . . . Jetzt weiß ich nur, daß ich leben will . . . mit dir zusammen glücklich sein und die ganze Scheiße vergessen möchte.»

«Hast du schon einmal getötet, einen Menschen umgebracht?»

«Nein. Ich wollte es, war drauf und dran. Doch die Sache ging damals schief, und sie versetzten mich ‚zur Strafe' nach Revivim. Ich wünschte, ich hätte nie so hassen gelernt; denn nur das hat mich dahin gebracht, wo ich heute bin», sagte er leidenschaftlich, aber mit Verzweiflung in der Stimme.

«Was hast du empfunden, als du unter lauter Israelis im Kibbuz gelebt hast und mit ihnen . . . ich meine mit uns», verbesserte sie sich, «gearbeitet und alles geteilt hast?»

«Anfänglich war's die Hölle», gestand Salim. «Dann aber merkte ich, daß man mir gegenüber nicht mißtrauisch war, gar nicht etwa so, wie man uns Palästinensern in den Städten begegnet. Dort sind wir minderwertiges Pack, wir spüren es auf Schritt und Tritt. — Eure Hunde behandelt ihr besser als uns!» entfuhr es ihm.

In den Zweigen der Eukalyptusbäume sahen sie vereinzelt Sterne glitzern. Salim starrte eine Weile hinauf, dann wurde seine Stimme weicher: «Aber im Kibbuz sind die Menschen anders, und inzwischen habe ich gelernt, daß nicht alle von euch so sind, wie wir glauben. Weißt du, wir kennen einander so wenig, dein Volk und meines. Wir wachsen voller Vorurteile auf, bis sich der Haß schließlich entlädt. Ihr habt es hier so schön, seid fröhlich, ungezwungen und so lebendig. Wir Söhne der Lager bestehen nur noch aus Haß! In den Camps herrschen Verzweiflung und Armut, wir sehen überhaupt keinen Lichtblick, geschweige denn eine Zukunft. Das tut mir weh und macht mich fertig!»

«Aber du weißt, daß in unserem Land auch Araber leben, die ihre Felder bepflanzen und ernten, Geld verdienen und sich regelrechte Villen bauen können. Es gibt nicht nur diese Lager; die sind die Schattenseite, aber nicht das Normale. Ich bin überzeugt, daß ihr euch größtenteils auch selbst, durch euer eigenes Verhalten, in diese beschissene Lage gebracht habt. Du gibst doch sicher zu, daß wir unser Land als Wüste, als Sumpfgebiet und trostlose Einöde vorgefunden haben. Die am Leben gebliebenen Menschen kamen aus Hitlers KZs hierher und arbeiteten hart und mußten sich ständig gegen die Araber wehren. Tamir — oder soll ich dich Salim nennen . . .? Unser Land ist die einzige Antwort auf den Holocaust! Doch manchmal glaube ich, daß es einzig und allein das ist, was auch ihr wollt: uns auslöschen! Wir sind keine Engel, ganz gewiß nicht. Aber man beurteilt uns nach anderen Maßstäben als die übrige Welt. Ihr nützt das schamlos aus, fordert uns zur Gewalt heraus, und dann seid ihr Märtyrer, wenn wir uns wehren. Es ist ein schrecklicher Teufelskreis.» Rivka stockte. «Du weißt, daß du nicht mehr zu den Arabern zurückkehren kannst? Du würdest gejagt werden wie ein wildes Tier. Deine ,Brüder' haben mindestens die Hälfte der Opfer der Intifada auf dem Gewissen, haben sie, als angebliche oder wirkliche Kollaborateure, einfach umgebracht!»

Salim vergrub sein Gesicht in den Händen. «Was soll ich denn tun!» stieß er hervor. «Ich will nicht sterben, Rivka! Ich . . . ich bin noch jung und kein Verräter. Ich will leben!»

Sie streichelte sein verschwitztes Gesicht. Es tat weh, ihn so verzweifelt zu sehen.

«Vielleicht müssen wir weg von hier, in ein anderes Land,

weit weit weg, wo uns niemand kennt und wir ein neues Leben anfangen können», flüsterte sie.

Der Gedanke, Israel vielleicht verlassen zu müssen, brachte sie zum Weinen. Salim hielt sie fest an sich gedrückt. Dann raffte er sich mühsam auf.

«Komm, wir müssen weiter.»

Sie bestiegen ihre Fahrräder und radelten vorsichtshalber auf dem Pfad neben der Hauptstraße weiter.

Kurz nach Mitternacht erreichten sie Be'er Sheva. Müde, zerschlagen und hungrig ließen sie die Räder bei der Busstation stehen und gingen zu Fuß weiter. Nach einer Viertelstunde erreichten sie die Straße, in der Dov wohnte.

Rivka betete inbrünstig, er möge da sein, und drückte die Klingel an seiner Wohnung. Es schien eine Ewigkeit zu dauern, bis Dov endlich öffnete. Er war nicht erstaunt, die beiden zu dieser nächtlichen Stunde vor sich zu sehen.

«Schalom», grüßte er und forderte sie auf, einzutreten. Mit Interesse betrachtete er Rivkas Begleiter.

«Ist euch jemand gefolgt?»

«Nein, bestimmt nicht. Wir waren die halbe Nacht mit Fahrrädern unterwegs, nicht auf der Hauptstraße. Dann stellten wir die Räder bei der Bushaltestelle ab und kamen zu Fuß hierher», berichtete Rivka.

Salim stand in der Nähe der Tür. Mißtrauisch schaute er von dem Israeli zu Rivka und wieder zurück.

»Setz dich doch, Salim», forderte Dov ihn auf.

«Woher kennst du meinen Namen . . . und was zum Teufel wird hier gespielt?»

«Meytal rief mich vor etwa zwei Stunden an und sagte mir, daß ihr aus Revivim weggegangen seid. Wir hofften, ihr würdet hierherkommen», klärte Dov die beiden auf. Er verschwieg, daß er Salim aus den Akten des Mossad kannte.

172

«Wie wußte denn Meytal, daß wir . . .?»

«Ich hinterließ ihr eine Nachricht, bevor wir gingen», gestand Rivka kleinlaut.

Salim sah aus wie ein Tier auf dem Sprung. Er rührte sich immer noch nicht. Dov trat auf ihn zu und streckte ihm die Hand entgegen: «Ich heiße Dov. Wir haben uns schon mal im Kibbuz getroffen, vielleicht erinnerst du dich. Ich bin Meytals Freund.»

Absichtlich übersah Salim die Hand des Israelis. Dov zog sie zurück und ging hinüber zum Fenster, von wo aus er hinunter auf die Straße blickte.

«Keine Angst, vorläufig seid ihr hier in Sicherheit», versicherte er den beiden.

Allmählich beruhigte sich Salim, doch immer noch erfüllte ihn Mißtrauen. Schließlich setzte er sich neben seine Freundin. Dov verschwand in der Küche und brachte ihnen kalte Getränke.

«Habt ihr Hunger?» fragte er beiläufig.

«Oh ja, sehr großen sogar.»

Dov holte eine Platte voll belegter Brote und stellte sie auf den Tisch.

Sie aßen schweigend. Dann bat Dov: «Erzählt mir doch, was heute vorgefallen ist.»

Rivka spülte den letzten Bissen mit kaltem Bier hinunter. Sie warf einen besorgten Blick auf Salim, der wie versteinert neben ihr saß, doch dann erzählte sie langsam, was in den vergangenen Stunden geschehen war. In der Erinnerung schien es schon weit zurückzuliegen.

«Können wir heute bei dir bleiben?» fragte sie schließlich. Sie wollte nur noch schlafen.

«Selbstverständlich», beruhigte sie Dov. Bald darauf richteten sie im Wohnzimmer ihr Nachtlager her. Salim fühlte sich äußerst unwohl, doch er wußte, daß er keine andere Wahl hatte, als sich zu fügen und abzuwarten.

Ihr Gastgeber ging am nächsten Tag nicht zur Arbeit. Kurz nach zehn Uhr verließ Rivka die Wohnung. Sie trug einen blauen Schal über ihrem blonden Haar und versteckte das Gesicht hinter einer großen dunklen Sonnenbrille, die ihr Dov geliehen hatte. Auf dem Markt kaufte sie einige Eßwaren.

Als sie zurück zur Wohnung kam, fand sie dort drei Männer vor. Einer von ihnen war Avner. Er begrüßte sie besorgt, aber sehr herzlich. Fragend blickte das Mädchen auf die beiden Fremden, die Salim gegenübersaßen und hart auf ihn einredeten. Avner gab ihr mit einem Zeichen zu verstehen, daß sie ihm in die Küche folgen solle. Dort packte Dov die Eßwaren aus.

«Wer sind diese Männer?» fragte Rivka beunruhigt, als Avner hinter sich die Tür schloß.

«Sie sind vom Mossad», antwortete Avner.

Rivka wurde wütend. «Was wollen sie von Salim? Ihr wollt ihn doch nicht etwa als Überläufer benutzen . . . Das lasse ich nicht zu, hört ihr! Er ist schon in genug krumme und gefährliche Dinge verwickelt! Laßt gefälligst die Finger von ihm!» fauchte sie die Freunde zornig an, und ihre Augen funkelten.

«Keineswegs, Rivka. Beruhige dich, bitte. Es geschieht nur zu eurer eigenen Sicherheit! Wir wollen euch helfen, aber dazu müssen diese Männer einiges von Salim wissen. Bitte, sei doch vernünftig!» bat Dov eindringlich.

Rivka riß sich zusammen und atmete ruhiger.

«Willst du reingehen und zuhören?» fragte Avner. «Aber du mußt versprechen, daß du sie nicht unterbrichst, auch wenn's hart auf hart geht und sie Salim nicht gerade zimper-

174

lich anpacken. Schließlich», sagte er mit rauher Stimme, «ist er ein Angehöriger der PLO, dessen bist du dir doch bewußt, oder?»

Rivka schwieg. Dann ging sie wortlos auf die Tür zu.

Keiner schien ihr leises Eintreten zu beachten. Sie setzte sich auf den Fußboden in Salims Nähe und blickte mit starrem Mißtrauen auf die Männer.

Harte Worte fielen im Raum, und die Atmosphäre war zum Zerreißen gespannt.

«Hör auf mit dieser Gefühlsduselei und diesem falschen Patriotismus! Du willst doch nicht behaupten, du wüßtest nicht, daß ihr Araber die Gebiete während zwei Jahrzehnten beherrscht habt . . .» warf der ältere der beiden Männer Salim vor. Er war klein und gedrungen, wirkte intelligent und hatte wache, forschende Augen. «Ihr habt nicht den geringsten Versuch unternommen, aus diesen Gebieten euren palästinensischen Staat zu schaffen. Wo waren da die Herren Arafat, Abu Nidal und Abu Djhad? Was taten sie damals für ihre palästinensischen Schützlinge? Ihr hattet die Macht und die Freiheit, zwischen 1948 und '67 euren Staat zu gründen. Aber nein, damals waren eure Herren Helden bestimmt daran, Pläne zu schmieden für Terrorakte in Israel und Europa! Als die PLO 1964 gegründet wurde, einzig und allein zum Zweck des Terrors gegen Israel, gab es noch keine besetzten Gebiete! Ihr wurdet benutzt, um einen Stachel in unser Fleisch zu treiben.

In dieser Gegend wohnten immer Juden und Araber», fuhr der Israeli fort, «und es wird uns kaum etwas anderes übrigbleiben, als weiterhin nebeneinander zu leben. Zwischen dem Jordan und dem Mittelmeer wird es keinen zweiten Staat geben, außer, es würde euch doch noch gelingen, Israel von der Landkarte zu tilgen!»

Der Mann hielt inne und schaute Salim scharf an. Dieser widersprach vehement: «Israel ist ein rein künstliches Staatsgebilde und hat in Wirklichkeit überhaupt keine Existenzberechtigung!»

Die Männer aus Jerusalem blickten einander gelangweilt an. Der ältere seufzte: «So argumentiert ihr alle. Aber Tatsache ist, daß Israel eine ununterbrochene Geschichte hat, älter als die der meisten Länder der Erde. Seit Jehoschua zur Zeit der Bibel das Land betreten hatte, war es von uns ohne Unterbruch besiedelt. Immerhin hat das jüdische Volk die Verbundenheit mit seiner Heimat mehr als dreitausendsiebenhundert Jahre lang aufrechterhalten. Wir hatten immer eine gemeinsame Sprache und Kultur. Die Rückkehr vieler Juden begann bereits vor 1900. Es ist einfach dumm und stur, zu behaupten, wir hätten kein Existenzrecht!» Der Israeli begann zu dozieren wie vor einem Studenten, der die Examensfragen nicht beantworten kann: «1919 trafen Weizmann und andere Zionisten mit Emir Faisal in Paris zu einer Friedenskonferenz zusammen. Sie unterzeichneten sogar ein Abkommen, im Bestreben, möglichst eng zusammenzuarbeiten. In einem offenen Brief schrieb Faisal: ‹Die Araber, besonders die Gebildeten, schauen in tiefer Sympathie auf die Juden. Wir heißen die zionistische Bewegung hier willkommen. Wir werden gemeinsam für einen neuen und besseren Nahen Osten kämpfen und einander ergänzen.› Faisal war der Überzeugung, kein Volk könne ohne das andere wirklich erfolgreich sein. Als Churchill vier Fünftel, das heißt, neunzigtausend Quadratkilometer von dem Land, das den Israelis rechtmäßig zugesprochen worden war, einfach abzwackte, um damit die Araber zu versöhnen, schuf er ein völlig neues arabisches Land: Transjordanien. Für uns war dies ein harter Schlag, doch wir akzeptierten es zähkneknirschend. Das war 1922. Seither, und seit der jüdischen Immigrationswelle von 1920 bis 1933, begegneten die Araber uns mit Gewaltakten und Terror.»

Salim ließ sich jedoch nicht überzeugen und verteidigte sein Volk weiter: «Palästina war von jeher arabisches Land», behauptete er. «Auch wir waren seit unseren Propheten hier angesiedelt!»

«Aber ihr habt zu keiner Zeit ein eigenes Staatswesen oder irgendeine Art von politischer, wirtschaftlicher oder sozialer Identität geschaffen. Ihr wart nie autonom und immer uneins, so wie sich fast alle arabischen Staaten ständig befehden», konterte Avner, der sich neben Rivka auf den Fußboden gesetzt hatte.

Er fuhr fort und erläuterte: Nach der Zerstörung des zweiten Tempels, ums Jahr siebzig unserer Zeitrechnung, habe es in Palästina noch jüdisches Leben gegeben. Im elften Jahrhundert seien in Gaza, Aschkelon, Jaffo und Cäserea neue Gemeinden entstanden, die später zum Teil von den Kreuzfahrern ausgelöscht wurden. Vom 13. bis zum 15. Jahrhundert seien dann Scharen von religiösen Juden zurück ins Galil und nach Jerusalem gekommen, wo sie während der nächsten drei Jahrhunderte lebten. Danach sei die moderne zionistische Bewegung entstanden. «Palästina ist nie ausschließlich arabisches Land gewesen. Der Nationalismus der palästinensischen Araber entstand erst während des Ersten Weltkrieges!»

«Ihr habt uns das Land zu Billigstpreisen abgekauft. Wir waren gezwungen, anderswo Arbeit zu suchen. Meine Großeltern arbeiteten für einen Landbesitzer, dem es genau gleich ging. Die meisten seiner Arbeiter fanden hier keine Verdienstmöglichkeiten mehr und zogen nach Jordanien.»

Jetzt kam wieder Bewegung in den ältesten der Männer.

Er trank einen Schluck vom kalten Bier, das Dov ihnen aus der Küche brachte. Dann schaute er Salim lange an, bevor er wieder zu sprechen anfing: «1944 zahlten die Juden für einen Acker tausend bis elfhundert US-Dollar. Zum Vergleich, Salim: In den Vereinigten Staaten, in Iowa zum Beispiel, konnte man damals guten fruchtbaren Boden für hundertzehn Dollar kaufen! Sag selbst, zahlten wir also Schleuderpreise? Der größte Teil des von uns gekauften Bodens war vorher nicht einmal kultiviert worden. Es waren Sümpfe, felsiges, steiniges Land oder Sanddünen. Das alles haben wir bewirtschaftet und es zu dem gemacht, was es heute ist. Ich glaube, Salim, daß du dich in deinen Trainingslagern zu sehr hast beeinflussen lassen.»

«Laut Statistik der britischen Regierung», warf Avner ein, «waren vor der Gründung Israels 8,6 Prozent des Gebietes jüdisches Eigentum, 3,3 Prozent gehörten den dort lebenden Arabern, und ganze 16,5 Prozent waren im Besitz von Arabern, die nicht in Israel wohnten. Der Rest, mehr als sieben Zehntel, gehörte der vorherigen Regierung, Großbritannien. Und der Rest ging automatisch, laut Resolution, an die neue, die israelische Regierung über.» Er griff sich eine Handvoll Sonnenblumenkerne und begann sie zu knacken.

«Aber das Recht auf unsere Autonomie wurde bei der Gründung Israels verletzt!» rief Salim nun erregt dazwischen.

«Die UNO hatte Arabern wie Juden in Westpalästina das Selbstbestimmungsrecht angeboten. Jede Seite sollte Anspruch auf einen selbständigen Staat haben. Ihr hättet zu jeder Zeit einen solchen gründen können, lehntet es aber vehement ab, dreimal sogar! Die Ironie will es, daß ausgerechnet die Juden als einzige Gruppe im Nahen Osten sich für die Gründung eines arabischen Staates eingesetzt haben!»

Hin und her ging die Debatte; der Mann aus Jerusalem redete noch über eine Stunde auf Salim ein.

Als die drei die Wohnung endlich verlassen hatten, blieb Salim verunsichert zurück. Er spürte, daß er mit seinem Stolz gegen die überzeugenden Argumente der anderen nichts ausrichten konnte und daß er, wollte er überleben, im Plan der Israelis mitspielen mußte.

*

Amos ging in seinem Zimmer erregt auf und ab. Sein sonst so kalt berechnendes Gemüt war in Aufruhr. Am Morgen hatte er festgestellt, daß Salim und Rivka aus dem Kibbuz verschwunden waren. Er nahm es als schlechtes Omen. Vielleicht hatte Rivka ihn doch erkannt und Salim alles erzählt, was sie in Misgav Am erlebt hatte. Es beunruhigte ihn auch, daß Meytal sofort zugab, die beiden hätten den Kibbuz verlassen. Vorsichtig forschte er nach Einzelheiten. Aber Meytal schien selber überrascht; sie habe keine Ahnung, wo sich die beiden aufhielten, behauptete sie.

Am Nachmittag fuhr Amos mit dem Bus nach Be'er Sheva. Dort besuchte er Dr. Mentha in dessen Praxis. Als er ins Sprechzimmer trat, empfing ihn der Zahnarzt mit äußerster Gereiztheit.

«Bist du verrückt geworden, hier aufzukreuzen! Wir haben doch ausdrücklich ausgemacht, daß du nur im Notfall hierher kommst.»

«Verdammt, das ist ein Notfall», gab Amos verärgert zurück.

Sie setzten sich, und Dr. Mentha sah den Russen ungeduldig an. Die Nachricht, die er hörte, beunruhigte den Franzosen dann allerdings sehr. Einen Moment lang überlegte er mit zusammengekniffenen Augen. Dann verließ er das Zimmer und bat seine Assistentin, ihn während einer Viertelstunde nicht zu stören. Zurück im Sprechzimmer, griff er hastig nach dem Telefon. Er wählte eine Nummer in Israel und sprach mit leiser Stimme und abgewandtem Gesicht in die Muschel. Amos verstand kein Wort, er sprach kein Französisch.

Mentha legte den Telefonhörer rasch zurück auf die Gabel. Dem Fenster zugekehrt, verharrte er eine Minute in Schweigen. Dann drehte er sich um.

«Vor zwei Tagen haben Abdullas Leute versucht, Salim zu töten. Der Versuch mißlang, beide, Salim und seine Freundin, entkamen. Deshalb flüchteten sie aus dem Kibbuz», erklärte er dem erstaunten Amos. «Bis jetzt hat man keine Spur von ihnen gefunden. Aber vermutlich befinden sie sich noch in der Nähe des Kibbuz.»

«Was ist mit Dov, dem Freund von Meytal?» fragte Amos erregt.

«Den müssen wir im Augenblick in Ruhe lassen. Unsere Tätigkeit wird langsam verdächtig; wir können es uns nicht leisten, noch mehr aufzufallen. Dov ist sowieso nur ein unwichtiger Verbindungsmann zum Muhabarat, dem Mossad. Im Moment können wir nur hoffen, daß Salim Rivka nichts über unsere Aktion erzählt. Zum Glück weiß Salim selber nicht allzuviel. Trotzdem ist er für uns eine Gefahr.»

Mentha klopfte nervös mit dem vergoldeten Kugelschreiber auf die Stuhllehne.

«Was ist mit mir?» wollte Amos wissen. «Soll ich weiterhin im Kibbuz bleiben, oder ist das zu riskant?»

«Amos, ich habe jetzt wirklich keine Zeit mehr, ich muß meine Klienten bedienen. Kannst du heute abend nicht hierher kommen, nachdem ich die Praxis geschlossen habe?»

180

«Okay. Das läßt sich machen.» Amos erhob sich. «Werde ich dann Bescheid kriegen, was ich zu tun habe?» fragte er nochmals.

«Ja doch, sicher. Aber jetzt geh, um Himmels willen, und komm nicht vor fünf Uhr zurück, verstanden?»

«Hab ich.»

*

Amos kehrte zur verabredeten Zeit wieder in die Praxis zurück. Er fand dort nebst Dr. Mentha noch einen anderen Mann vor. Dieser wurde ihm als Herr Smirkovitsch vorgestellt. Offenbar ein Agent, der sich schon mehrere Jahre in Israel aufhielt, denn kaum etwas in Sprache und Aussehen unterschied ihn von einem Einheimischen. Auf Amos warteten entscheidende Neuigkeiten.

«Heute nachmittag, nachdem du von hier weggegangen warst, erhielt ich einen Anruf», erklärte Mentha. «Es war Salim. Er brüllte, man habe ihn umbringen wollen. Wütend war er auch, weil er ahnt, daß es unsere Leute waren, die ihn aus dem Weg räumen sollten. Er sagte, er sei sehr beunruhigt, da auch Rivka dabei war, als die Männer auf ihn schossen. Er habe aus dem Kibbuz sofort verschwinden wollen, doch Rivka, die ihn dabei überraschte, habe ihn nicht gehen lassen. Es sei ihm nichts anderes eingefallen, als sie kurzerhand mitzunehmen. Sie habe zuviel gesehen und hätte ihn verraten können. Rivka habe ihm dann allerlei wichtige Informationen ausgeplaudert, auf die er schon lange scharf gewesen sei. Er sagte auch, er habe das Gefühl, endlich entscheidende Hinweise erhalten zu haben. Dann bat er mich, Abdulla zu kontaktieren. Er habe ihm einen Handel vorzuschlagen, nämlich, daß er seine Informationen gegen sein

Leben auszutauschen bereit sei.» Dr. Mentha machte eine Pause, und strich sich fahrig über seine grauen Schläfen. Dann fuhr er fort: «Ich rief sofort Abdulla an, und der bestätigte mir, daß Salims Geschichte mit dem übereinstimmt, was ihm seine Männer geschildert hätten. Ich wollte von Salim wissen, wo er sich aufhält, aber das Bürschchen sagte kurz angebunden, daß er sich morgen um die gleiche Zeit wieder melden werde. Dann müsse er wissen, ob der Handel akzeptiert werde oder nicht.»

Jetzt schaltete sich Smirkovitsch ein. «Für dich ist jetzt die Mission natürlich gelaufen, Amos. Du mußt in den nächsten Tagen aus Revivim verschwinden.» Er reichte Amos einen weißen Umschlag. «Hier hast du deinen Rückflugschein. Moskau einfach. Du mußt nur mit dem Reisebüro abchecken, wann genau du fliegen kannst.» Smirkovitsch sagte es mit gleichgültigem Gesichtsausdruck.

«Aber . . . aber ich könnte doch sonst irgendwie . . . ich meine, man kann mich doch an einem anderen Ort einsetzen!»

«Das wird Moskau entscheiden. Hier bist du nicht mehr nötig», entgegnete der Agent kühl; seine Antwort duldete keinen Widerspruch.

*

Am folgenden Nachmittag saß Meytal im Gras vor ihrem Häuschen. Sie fühlte sich nicht mehr heimisch in Revivim, seit Rivka weg war. Zudem hatte sie keine Ahnung, was genau sich zugetragen hatte, und sie sorgte sich um ihre Freundin. Im Augenblick wartete sie auf Dov, der ihr versprochen hatte, um vierzehn Uhr da zu sein.

Schritte auf dem Weg ließen sie aufhorchen. Es war Dov.

Kurz darauf spazierten sie Hand in Hand durch den Kibbuz. Meytal hatte das seltsame Gefühl, als ob sie sich nicht mehr lange an diesem Ort aufhalten würde. Deshalb genoß sie die Umgebung mit jedem Schritt. Sie sog die trockene Luft in ihre Lungen und blickte überwältigt auf die einzigartige Umgebung.

Dov und sie verließen die Wohngegend. Meytal führte ihren Freund zum alten Mizpe, wo sie sich ungestört unterhalten konnten. Dort kletterten sie hinauf aufs Dach. Drei Tage vorher hatten sich Rivka und Salim hier versteckt.

Drüben der Kibbuz war eine blühende Oase inmitten der Wüstenlandschaft.

Dov schilderte Meytal, was sich in den letzten Tagen ereignet hatte. Dann schaute er auf die Uhr. «In diesem Augenblick muß Salim bei Mentha auftauchen. Laß uns hoffen, daß alles gutgeht und unser Plan gelingt.»

*

Tatsächlich betraten zu diesem Zeitpunkt Salim und Rivka die Zahnarztpraxis, wie der Palästinenser es mit Mentha vereinbart hatte. Gleichzeitig fuhr ein blauer Kastenwagen mit der Aufschrift einer Sanitärfirma gemächlich die Straße entlang, die Rivka und ihr Freund zuvor überquert hatten. Gleich darauf parkierte er direkt vor der Eingangstür zu Dr. Menthas Praxis.

Drinnen im Sprechzimmer blickten Salim und Smirkovitsch, der ebenfalls zu diesem Treffen gekommen war, einander kalt in die Augen. Mentha hatte seine Praxis geschlossen und dafür gesorgt, daß sie ungestört blieben. Auch Amos war anwesend, doch gerade im Badezimmer, als Rivka und Salim eintraten.

Dann ging alles sehr schnell, so blitzartig, daß die Beteiligten nachher Mühe hatten, sich Einzelheiten zu vergegenwärtigen.

Aus dem Kastenwagen sprangen fünf Männer in blauen Overalls. Sie drangen in das Haus ein. Im selben Augenblick ertönte am Ende der Straße der alles übertönende Knall einer Explosion, die die Häuser in der Nähe bis auf ihre Grundmauern erzittern ließ. Im Krach gingen die Schüsse unter, die in der Praxis fielen. Amos trat gerade aus der Toilette. Er sah, wie Salim blutend über Rivka zusammenbrach. Auf seinem hellen T-shirt breitete sich ein häßlicher roter Fleck aus. War der Palästinenser tot? Amos sah einen der Männer im blauen Overall seine Pistole auf Smirkovitsch richten. Dieser lehnte bebend an der Wand und starrte auf die Eindringlinge. Amos rannte los, er hatte nur noch den einen Gedanken: weg, so schnell wie möglich dieses Land verlassen.

Stunden später saß er in einer Air-France-Maschine, die ihn sicher nach Paris flog. Im Flughafen Orly suchte er sofort ein Telefonamt und ließ sich die Verbindung nach Kairo herstellen.

«Abdulla!» bellte er, immer noch unter Schock, in den Hörer. «Ich bin unterwegs nach Moskau. Es . . . es hat sich etwas Ungeheuerliches ereignet . . . in Menthas Praxis! Salim, er ist tot, auch die Blonde . . . und Smirkovitsch . . . bestimmt auch Mentha! Ich bin durch puren Zufall davongekommen», schrie er auf den Mann am anderen Ende der Leitung ein. «Ich war auf der Toilette . . . Männer drangen ins Haus! Sie haben alle in der Praxis erschossen! Hörst du, alle sind tot! Es waren die Israelis, sie müssen es gewesen sein — wer sonst wußte von dem geheimen Treffen bei Mentha?» Amos wartet die Antwort Abdullas nicht ab, er warf den

Hörer zurück auf die Gabel. Dann verließ er schwitzend die Telefonkabine und bezahlte das Gespräch am Schalter. Er schaute auf seine Armbanduhr und wischte sich die Stirn. Bis zum Weiterflug nach Moskau dauerte es noch eine gute Stunde, aber er verließ die Abfertigungshalle nicht mehr.

*

Dov und Meytal verließen den Aussichtspunkt und kehrten langsam zurück in den Kibbuz. Unterwegs fragte Meytal: «Werde ich Rivka je wiedersehen?»

«Ich glaube nicht.» Dov nahm die Hand seiner Freundin. «Komm. Besser wir gehen packen. Oder möchtest du lieber zu deinen Eltern zurück, statt zu mir nach Be'er Sheva zu kommen?»

«Nein, ich möchte in deiner Nähe sein», sagte sie und schmiegte sich eng an ihn.

Während er in Meytals Zimmer ihre Sachen in die Reisetasche packte, schlenderte sie hinüber zu Gabys Haus.

Gaby war natürlich überrascht und auch ein wenig sauer, daß Meytal den Kibbuz ebenfalls verlassen wollte, noch dazu so plötzlich.

«Du hast den Ulpan nicht mal abgeschlossen. Findest du es nicht schade, so kurz vor Schluß wegzugehen? Wie soll ich dich denn im Kinderhaus ersetzen?» fragte sie mit gespielter Verzweiflung und schüttelte den Kopf. «Na ja, auf alle Fälle bist du immer willkommen und kannst jederzeit wieder hier arbeiten», sagte sie schließlich versöhnlich.

Bedrückt verließ Meytal Gabys Haus und ging zurück zu Dov.

«Nu?»

«Sie war nett, hat mir fast keine Vorwürfe gemacht und

ließ mich widerstandslos gehen. Bestimmt ist sie jetzt in der Klemme! Gleich drei Arbeitskräfte hat sie verloren, innert kürzester Zeit . . .»

Dann fuhren sie los.

«Dov, hast du ihnen gesagt, daß du nicht mehr mitmachen willst?» fragte Meytal und schaute scheinbar interessiert hinaus in die Wüste, auf ein übermannshohes Steinmal weitab von der Straße.

«Ken. Es ist alles in Ordnung. Man hat zwar nur die Spitze des Eisberges abgehackt, aber die andere Seite wird es sich überlegen, ob sie in der Nähe von Be'er Sheva nochmals Fuß fassen will. Und von Mentha werden unsere Agenten sehr wahrscheinlich noch weitere Informationen und Namen über andere Spitzel erfahren, die sich bereits seit längerer Zeit im Land befinden. Wir haben mitgeholfen, einen größeren Ring von Agenten auffliegen zu lassen. Damit hat sich die Sache, jedenfalls für uns beide.» Dov langte hinüber zu Meytal, nahm ihre Hand und küßte sie zärtlich.

Als sie Be'er Sheva erreicht und Meytals Sachen in seine Wohnung gebracht hatten, gab Dov seiner Freundin einen Brief, auf dem fein säuberlich ihr Name stand. Meytal setzte sich auf das Sofa. Sie zündete sich eine Zigarette an und öffnete den Umschlag. Der Handschrift sah sie an, daß der Brief von Rivka war. Langsam las sie:

‹ Liebste Meytal

Bevor Tamir und ich das Land verlassen, möchte ich Dir noch einige Zeilen schreiben.

Eigentlich sind Tamir und ich ja tot, so läßt man wenigstens die Gegenseite glauben, was für uns bedeutet, daß wir leben. Aber wir müssen Israel für die nächsten paar Jahre verlassen. Ich glaube, daß wir beide es irgendwie schaffen werden, Tamir-Salim und ich. Und innigst hoffe ich, daß ich ihn eines Tages dazu bringen kann, nach Israel zurückzukehren. Wie gerne würde ich ihm die andere Seite dieses Landes zeigen — eben all das, was er bis jetzt nicht kennt.

Du warst mir eine liebe Freundin, hast mir auch im schwierigsten Moment meines Lebens nicht den Rücken gekehrt, als ich mich entschloß, mit ‚meinem Palästinenser' zusammenzubleiben. Ich hoffe, daß wir uns einmal wiedersehen und ich dir dann meine Dankbarkeit zeigen kann.

Leb wohl, allerbeste Freundin!

Deine Rivka.›

Meytal konnte die Tränen nicht zurückhalten. Dov kam herein und setzte sich schweigend neben sie. Er legte ihr seinen Arm um die Schultern.

Nach einer Weile schubste er sie und strich ihr behutsam über das nasse Gesicht.

«Vielleicht können wir uns jetzt etwas zu essen machen, ich sterbe vor Hunger . . .»

Meytal lächelte und nickte.

— E N D E —

Bernhard Müller

Die Sherpani
Ein Nepal-Roman

Der Nepal-Roman «Die Sherpani» von Bernhard Müller handelt vom Aufeinandertreffen von sich fremden Kulturen, von der Herausforderung und dem Abenteuer Entwicklungshilfe – und von einer kurzen, aber großen und tiefen Liebe zweier Menschen.

Henrik Rhyn

Schritte in Tibet
Trekking zum Orakelsee
Ein Reisebericht
Mit Textbeiträgen und Fotos
von Peter Donatsch

»Schritte in Tibet sind immer auch Schritte in meinem Kopf», schreibt Henrik Rhyn, Leiter einer weltweit ersten Ausländergruppe, der die chinesische Regierung erlaubte, den Orakelsee Lhamoi Latso zu besuchen, 150 Kilometer östlich von Lhasa und auf über 5000 Meter Höhe gelegen. Entstanden ist ein packender Reisebericht zwischen Abenteuer und Besinnlichkeit.

In Ihrer Buchhandlung

Edition Hans Erpf · Postfach · CH-3001 Bern

Bernd Späth

Robbenfrass

Ein Roman aus der Arktis

Der Erzähler, ein arbeitsloser Journalist, flüchtet vor seinen Beziehungsruinen in die arktische Einsamkeit Spitzbergens. Dort trifft er auf sein hünenhaftes Gegenüber Tore und dessen zierliche Frau Torill. Bald schon entwickelt sich eine seltsame Dreiecksbeziehung ...

Auch im neuen Werk von Bernd Späth ist der orientierungslos gewordene Mann unserer Zivilisationsgesellschaft das Thema, ablaufend vor der faszinierenden Landschaft und Natur der Arktis und vor den Menschen, die sie prägt.

»Authentisch bis ins Detail – der erste Arktis-Roman seit Jack London»

In Ihrer Buchhandlung

Edition Hans Erpf · Postfach · CH-3001 Bern

Jürg Weibel

Captain Wirz
Eine Chronik
Ein dokumentarischer Roman

Am 10. November des Jahres 1865 besteigt im Hof des
Old Capitol Prison in Washington ein barhäuptiger
Mann das Galgengerüst – ein Kriegsverbrecher oder das
Opfer eines inszenierten Justizmordes? – Ein unbewäl-
tigtes Kapitel amerikanischer Geschichte und ein histo-
rischer Roman von beeindruckender Dimension.

In Ihrer Buchhandlung

Edition Hans Erpf · Postfach · CH-3001 Bern